지구에서
잘 놀다 가는
70가지 방법

일러두기

1. 이 책은 『지구에서 웃으면서 살 수 있는 87가지 방법』의 개정판입니다.
2. 괄호 안 설명은 옮긴이 주입니다.

WHAT ON EARTH HAVE I DONE? by Robert Fulghum

First published in 2007 by St. Martin's Press, LLC.
Korean translation rights arranged with St. Martin's Press, LLC.
through Eric Yang Agency, Inc.

지구에서 잘 놀다 가는 70가지 방법

가끔 바보 같아도 행복하게

로버트 풀검 지음
최정인 옮김

차례

Part 1

놀 줄 아는 사람들

Part 2

지금이라는 시간이 당신이 가진 모든 것

Part 3

무엇으로도 이길 수 없는 웃음

Part 4

나는 아마추어의 세상에서 산다

Part 1

놀 줄 아는 사람들

교차로 I

이 책에 실린 이야기들은 내가 무엇을 했고, 다가올 날들을 어떻게 생각하고, 나 자신이 누구인지 밝히는 글이다.

나는 매일 일어나는 작은 사건들을 통해 인생이 던지는 질문에 대한 대답의 실마리를 얻고 고독 속에서 그것을 정리한다. 매일 내 상상력의 입맛에 맞게 차려진 뷔페 식당에 초대받는 느낌이다. 초대장에는 이렇게 씌어 있다. '마음껏 드십시오.' 나는 마음껏 먹는다.

내 마음은 이렇게 말한다. '나누시오.' 나는 나눈다.

나는 계절에 따라 워싱턴주의 시애틀, 유타주 산후안 카운

티의 라살산, 그리스의 크레타섬 북서 해안에 있는 콜림바리 마을을 왔다 갔다 하며 유목민처럼 살고 있다. 장소를 옮길 때마다 그곳에 맞는 생각과 이야기가 생긴다.

이들 지역의 문화는 큰 차이가 있지만 비슷한 점도 많다. 내 경험에서 보면 다른 점보다는 같은 점이 많은 것 같다.

지구는 하나이고 우리 모두 인간이라는 종족에 속하기 때문이다.

하지만 분명히 다른 점도 있다. 한곳에서만 살았다면, 주변을 둘러보지 않았다면, 지나가는 사람들을 보려고 멈추지 않았다면 놓쳐 버렸을 것들도 있다.

나는 '그때는 그랬지.' 하며 뒤돌아보지 않는다. 또 앞으로 어떻게 될까 걱정하며 앞일을 너무 많이 내다보려고도 하지 않는다. 나는 지금 주위에 있는 것에 집중한다. 지금도 나의 멘토는 '에세이'라는 말을 처음 만들어 내고 평범한 것을 진지하게 받아들였던 몽테뉴이다.

이 책에 실린 글은 처음에는 메모의 형태로 시작되었다. 매년 사는 곳을 바꾸면서 산책을 하거나 교차로에 서 있을 때 떠오른 생각을 적은 것이다.

가공하지 않은 아이디어 정도이던 것이 나의 오래된 산책

친구 윌리에게 말하는 과정에서 이야기로 만들어졌다. 윌리는 30년 넘게 내 편집자 역할을 해온 진정한 친구다.

이렇게 해서 작은 이야기와 성찰의 글이 모여 한 권의 책이 되었다. 책을 쓴다는 것은 친구에게 편지나 카드를 쓰는 일과 같다고 생각한다. 나는 편지 맨 끝에 항상 이 말을 쓴다. 여러분에게도 하고 싶은 말이다.

'자네가 여기에 있다면 좋을 텐데.'

일요일 아침

일요일 아침, 어떤 사람은 교회에 간다. 어떤 사람은 잔다. 어떤 사람은 지옥과 천국 사이에 있다. 어떤 사람은 특별히 어디 갈 생각 없이 여유를 즐긴다. 그런데 단 한 사람, 즐거움의 빵 한 조각을 찾으려고 혼자 돌아다니는 사람이 있다. 바로 나다.

여덟 시 삼십 분. 서늘하고 안개 낀 아침이 천천히 따뜻하고 맑은 날로 바뀌고 있었다.

조용한 길을 따라 걷는데 어디선가 노래하는 듯한 경쾌한 목소리가 들려왔다.

"스위티 파이, 스위티 파이, 어디 있니? 스위티 파이이."

나는 걸음을 멈췄다. '누구 말이지? 나 말인가?'

목소리는 길 건너편 집의 현관에서 나는 것이었다.

나무에 가려서 집 정면은 보이지 않았다.

보이는 것은 누군가를 부르는 여자의 다리뿐이었다.

멋진 다리였다.

"스위티 파이, 스위티 파이, 어디 있니? 스위티 파이이."

뭐, 나쁠 것 있겠는가?

"나 여기 있어요. 주인님." 나는 최대한 애교 있는 목소리로 대답했다.

그녀에게도 내가 보이지 않았다.

나는 건너편 나무 틈에 숨었다.

하지만 그녀는 상황을 알아차리고 이렇게 노래했다.

"똥은 눴겠지? 이제 밥 먹으러 오렴."

아하, 게임이 시작된 것이다.

"똥 눴어요. 우유 넣은 에스프레소 마실래요."

그녀는 그만두지 않았다.

"그거 먹고 배 쓰다듬어 줄까?"

그녀가 웃었다.

나도 웃었다.

그때 털이 긴 작고 검은 강아지가 배변을 마치고 잔디밭을 지나 계단으로 갔다.

"이리 오렴. 네가 커피 좋아하는 줄은 몰랐네."

여자가 말했다.

나는 다시 걸음을 옮겼다. 사랑스러운 목소리가 이렇게 말하는 것이 들렸다.

"좋은 하루 보내세요, 스위티 파이."

이제 그녀가 보였다. 잠옷 차림의 노부인이 현관에서 손을 흔들고 있었다.

멋진 다리.

멋지고 재치 있는 머리. 놀 줄 아는 사람.

나는 똥을 눌 곳을 찾아서 내 머릿속의 숲을 헤매고 다니는 상상의 개와 함께 걸었다.

개가 돌아온 것이 안타깝다.

배 쓰다듬는 것에 대해서도 한마디 할 수 있었는데.

놀 줄 아는 사람들

일요일 아침의 그 여자 분은 놀 줄 아는 사람이다.

놀 줄 아는 사람. 그 정의는 민첩하고 재치 있어서 누군가 갑작스럽게 상상력의 놀이에 초대할 때 받아들이는 사람, 여유 있게 장난치는 사람이다. 놀 줄 아는 사람은 또 잘 웃는다.

겉모습만 보고 놀 줄 아는 사람인지 아닌지 말할 수는 없다. 예를 들어 버스 운전사가 제복을 입고 버스 문에 기댄 채 내리는 비를 바라보고 있다. 지나가던 내가 초대장을 날린다. "이렇게 합시다. 내가 기름값을 낼 테니 캘리포니아 산타모니카 해수욕장까지 태워다 주시오."

그는 정색을 하고 대답한다. "좋습니다. 오늘 밤 자정에 여기서 만납시다. 그때면 일이 다 끝나요. 내일 아침까지 아무도 내 버스를 기다리지 않을 겁니다. 거기 가면 바비큐 사 먹어야지." 그리고 미소를 짓는다.

놀 줄 아는 사람.

슈퍼마켓의 치즈 코너를 지나는데 괴상한 물건이 가득 든 쇼핑 카트를 끌고 가는 여자 분이 보였다. 나의 초대장. "부인 쇼핑 카트에 든 것이 제 것보다 좋아 보이네요. 우리 서로 바꿀까요. 부인은 제 것을 가져가고 저는 부인 것을 가져가는 거죠. 집에 가서 보면 재미있을 것 같은데요."

그녀는 살짝 웃으며 내 카트를 보더니 제안을 승낙한다. "그러죠." 우리는 카트를 바꿨다.

얼마 후에 그녀는 계산대에서 나를 기다리고 있었다. 그녀도 알고 나도 안다. 진짜 남의 물건을 가지고 집에 가지는 않는다는 것을. 그러나 그 짧은 장난이 '물건을 사러 가게에 가는 것'에 새로운 의미를 부여했다. 그 여자 분은 게임을 할 줄 아는 사람이었다.

놀 줄 아는 사람.

한편 퀸앤 거리에는 맞춤 양복점이 하나 있다. 창문에는 '남성복 여성복 수선하고 고칩니다.'라는 간판이 걸려 있다. 재단사가 문가에 서 있었다. 나는 걸음을 멈추고 말했다. "저를 수선하고 고치고 싶은데요."

그녀는 조심스럽게 나를 쳐다보더니 안으로 들어갔다. 그리고 문을 닫았다.

놀 줄 아는 사람이 아니다.

놀 줄 아는 사람은 사리분별력도 뛰어나다. 시장 근처 꽃집에서 일하는 매력적인 여인이 그렇다. 추수감사절 전에 나를 '자기'라고 부른 여인이다. 그 후에는 잘 보지 못했는데 꽃집 앞을 지나가다가 다시 만났다. 내가 초대했다. "제가 아직도 자기로 보이나요?"

그녀는 나를 쳐다보더니 이렇게 말했다. "저희 가게에서는 종업원이 손님과 허물없이 지내는 것을 금하고 있습니다." "아, 정말 유감이네요." 이제는 더 이상 놀 줄 아는 사람이 아니었다. 그런데 다시 길을 가려고 하는 그때, 이렇게 속삭였다. "들러 줘서 고마워요, 자기."

이제 비밀리에 게임을 하는 사람이다.

저명한 출판사에 원고 복사본을 받으러 갔다. 이미 약속을 했고 세 번째로 간 것이기 때문에 짜증이 나 있었다. 새로 들어온 듯한 직원이 카운터에서 나를 맞으며 어쩔 줄 몰라 안절부절못했다. 약속한 일이 아직 완성되지 않은 것이다. 화가 났지만 화낸다고 될 일도 아니었다.

"알았어요. 말썽 안 피울게요. 정말로 재치 있고 창조적인 핑계를 대 봐요. 생각나는 것 중에 제일 화끈한 거요. 나를 웃게 하면 그냥 가지요."

안절부절 아가씨는 말이 없었다. 지난주 신입 사원 교육 때 다루지 않은 상황이었다. "상사에게 보고하겠습니다."

확실히 놀 줄 아는 사람은 아니다. 하지만 이야기는 계속된다.

안절부절 아가씨는 사무실로 들어가서 상사에게 이야기를 전했다. 그러자 깔끔하게 차려입은, 힘이 느껴지는 여자가 차가운 눈빛으로 나를 향해 씩씩하게 걸어오더니 카운터에 기대서서 말했다.

"선생님 모르시나 본데요, 이 회사는 아일랜드 공화국 군대의 기지거든요. 지금 무기 목록을 작성 중인데, 바주카포 하나가 있어야 되는데 없네요. 바주카포를 찾으면 모든 게 정상으로 돌아갈 거예요. 제가 선생님이라면 괜히 말썽 피우지 않고 집에 갔다가 내일 다시 오겠어요. 어떤가요?"

크게 놀 줄 아는 사람이다.

쓰레기차를 모는 운전사. 놀 줄 아는 사람. 스멀스멀하고 춥고 비가 왔다. 이번에는 그가 먼저 초대했다. 지나가는 나에게 이렇게 말했다. "어이, 선생 좀 사시는 것 같은데요."

"고맙습니다. 좀 사는 것 같습니다." 내가 대꾸했다.

"비행기를 많이 타고 다녀서 마일리지가 많을 것 같은데요."

"사실 그래요. 많아요."

"그래요? 저는 부에노스아이레스에 갈 마일리지가 필요한데. 편도로요."

"충분해요. 드릴게요. 그럼 대가로 뭘 주실 건가요?"

"이 쓰레기차 열쇠를 드리지요. 이제 이 차는 선생님 거예요. 공평하죠?"

잘됐다! 오랫동안 이런 차를 운전해 보고 싶었다. 어떤 사람 집 앞에다 쓰레기 더미를 쏟아 버리고 싶다.

"거래 성사되었습니다." 내가 말했다.

"트럭 운전 면허증은 있어요?" 그가 물었다.

"아니, 없는데요."

"그럼 거래 취소. 불법적인 일은 할 수 없어요. 하지만 괜찮아요. 트럭 운전 면허증 따고 다시 오세요. 월요일마다 여기 있으니까요."

매일 그가 가는 곳마다 많은 사람들이 그의 초대를 받을 것이라는 생각이 들었다.

그는 하루 종일 놀이를 하는 대담한 놀이꾼이다.

이른 아침, 버스 정류장에 여자가 서 있었다. 그녀를 빼고 버스를 기다리는 사람 일곱 명이 모두 귀에 이어폰을 끼고 있었다. 음악에 맞춰 머리를 끄덕이고 허공을 뚫어져라 바라보고 혹은 보이지 않는 사람과 이야기를 하고 있었다.

이상한 장면이다.

나는 여자를 놀이에 초대한다. "이 사람들 모두 외계에서 온 로봇이에요. 영혼을 빼내 가 버렸죠." 여자는 나를 물끄러미 보더니 한 걸음 물러서서 길바닥을 보았다.

놀 줄 아는 사람이 아니다.

그때 한 남자가 오더니 말한다. "그래요. 하지만 쓸모없는 사람들이 아니에요. 거리 연극을 하는 거예요. 제가 매니저고요. 지금 시내에 가는 길이에요."
"그래요? 그 연극 제목이 뭔데요?"
"버스 정류장의 혼수상태. 어디서든 볼 수 있지요."
놀 줄 아는 사람.

마지막 예. 서점 직원인 빨간 머리의 나이 든 여자 분.
"도와드릴까요?" 그녀가 묻는다.
"생일 축하합니다." 내가 말했다.(언제나 사람들을 웃게 만들어라. 어떤 때는 너무 이르고 어떤 때는 너무 늦다. 딱 맞는 타이밍을 노려라.)
"그래요. 제 생일 파티에 오시면 좋겠네요. 대형 케이크를 시켰는데 케이크에 숨었다 나오는 역할을 할 사람이 없거든요." 그녀가 말했다.
"제가 하지요."
"옷 벗고 고고춤도 춰야 돼요."
"그럼 못 하겠네요."
"잘못 봤네요. 그런 거 잘하시는 줄 알았죠."
놀 줄 아는 사람.
내 뒤에 줄을 서서 이 대화를 듣던 여자 분이 황급히 문을 열고 나가 버렸다. 놀 기회를 놓치셨다.

놀 줄 아는 사람이 아닌가 보다.

그런데 나중에 커피숍을 지나가는데 서점에서 도망치듯 나간 그 여자 분을 만났다. "저희 대화 때문에 불쾌하지 않으셨으면 좋겠습니다." 내가 말했다.

그녀는 웃었다. "아니에요. 바로 작년에 제가 케이크 속에 있다가 나오는 역할을 했거든요. 다른 사람을 찾고 있다는 생각을 하니 기분이 안 좋아서요."

역시 놀 줄 아는 사람이었다.

집 주변 환경

이사를 했다. 시애틀의 유니언 호숫가에 있는 집은 사무실 겸 작업실로 유지하면서 퀸앤 언덕에 있는 살림집으로 이사를 갔다. 가까운 곳에 나무가 우거진 거리가 있어 긴 산책을 하기에 안성맞춤이었다. 집 근처에는 아이스크림 가게, 스포츠 클럽, 커피숍, 포도주 상점, 빵집, 이발소, 슈퍼마켓, 정육점 등이 있었다.

이사 온 지 얼마 되지 않았는데 한 부동산 중개업자가 집을 팔 생각이 없는지 물어 왔다. 가격만 맞으면 갖고 있는 게 무엇이든 팔아야 한다는 것이 아버지의 지론이었다. 나는 아버지의 말씀을 되새기며 집의 가치가 얼마인지 알아봐 달라고 공식적으로 감정을 의뢰했다. 어쩌면 또 이사를 가야 할지도 모르겠다고 생각하면서.

결과가 나왔을 때 나는 깜짝 놀랐다. 집값이 살 때보다 떨어져 있었다. 뭐라고요? 왜요? 나는 집의 결점이 뭐냐고, 무엇 때문에 가치가 떨어졌느냐고 물었다. 대답은 위치가 안 좋다는 것이었다. 놀랍게도 감정서에는 이렇게 씌어 있었다.

'이 집은 초등학교와 길 하나를 사이에 두고 있다. 이는 낮 동안 시끄럽고 교통량도 많다는 뜻이다. 이 집은 소방서에서 다섯 블록 떨어져 있다. 이는 밤중에 시끄럽다는 뜻이다. 또 시애틀에서 제일 높은 퀸앤 언덕에 있기는 하지만 조망은 별로 좋지 않다. 시애틀에서는 이 퀸앤 언덕을 볼 수 있는 조망이 가장 가치가 있기 때문이다.'

흠. 다음 날 아침 산책을 하는데 마침 학교 수업이 시작되기 전이어서 운동장은 뛰어노는 아이들로 가득 차 있었다. 내게는 아이들이 내는 소리가 소음으로 들리지 않고 오히려 어린 삶들이 딸랑거리며 내는 귀여운 방울 소리로 들렸다. 내게는 기꺼이 배우고자 하는 300명의 어린 이웃이 있다. 그림 그리고 노래하고 춤추고 글을 읽고 쓰고 수학과 역사를 공부하는 아이들. 그리고 재능과 기술과 열정을 지닌 선생님들이 있다.

우리 집에서는 선생님들이 일찍 학교에 오고 늦게 가는 것이 다 보인다.

이들보다 더 좋은 이웃을 가지기는 힘들다.

나는 이들이 내 집의 가치를 높여 준다고 말하고 싶다.

이 시간이면 늘 학생 안전 요원들이 나와서 교통 지도를 한다. 그래서 나는 무단 횡단 하지 않고 신호에 맞춰 길을 건너려고 서서 기다렸다. 5학년 소년이 길을 건너겠느냐고 진지하게 물었다. 소년은 초록색 안전 조끼를 입고 빨간 깃발을 들고 있었다. "기다리십시오. 버스가 오고 있습니다." 소년은 위엄 있게 말했다. 나는 기다렸다. 그리고 지난날을 떠올리며 향수에 젖었다.

나도 옛날에 텍사스 웨이코의 중학교에 다닐 때 교통 지도 요원이었다. 유니폼을 입고 하얀색 군인 허리띠 같은 것을 하고 군인 모자 같은 것을 쓰고, 빨간 깃발을 들면 출동 준비 완료. 일주일에 다섯 번 우리는 비가 오나 맑으나 아침마다 학교 운동장에 서서 국기를 게양하고, 학교 주변을 행진하며 코너마다 네 명의 분대를 두고 길을 지키게 했다. 우리는 스스로를 중요하고 쓸모 있는 사람이라고 생각했다. 버킹엄 궁전을 지키는 호위병만큼이나 우리 일을 진지하게 여겼다.

"선생님, 건너가실 겁니까, 아닙니까?"

참을성 없는 5학년 소년이 끼어들었다. 그리고 손을 들었다. "기다리십시오. 차가 오고 있습니다." 소년은 양쪽을 살피더니 씩씩하게 길 중앙으로 걸어 들어가 깃발을 높이 올리고 나에게 건너가라는 손짓을 했다.

나는 소년의 곁을 지나가며 물었다. "너는 왜 학교 운동장에서 야구하면서 놀지 않고 이 일을 하니?" 나를 쳐다보는 소년의 표정을 보니 나를 훨씬 나이 많은 사람으로 그리고 이상한 사람으로 생각한다는 것을 알 수 있었다. "제가 여기 있는 이유는 선생님을 보호해 드리기 위해서입니다."

물론이지. 나를 보호하기 위해서. 나는 보호가 필요하다.

집에서 다섯 블록 떨어진 소방서를 지나는데 남자 소방관 두 명과 여자 소방관 한 명이 커다란 빨간 차를 윤이 나게 닦고 있었다. 나는 유치원 시절 소방서에 견학 간 날부터 소방서와 거기서 일하는 사람들에게 좋은 감정을 가지고 있었다. 아마 미국의 모든 아이들이 나와 같은 경험을 했을 것이다. 소방서에서 일하는 사람들과 그들이 하는 일이 훌륭하고 중요하고 존경받는 일임을 직접 눈으로 보고 알게 하려고 아이들을 소방서에 데리고 간다. 소방관은 아이들의 모범이다. 이 사람들처럼 되어라.

요즘은 소방관들이 불을 끄는 일만 하지 않는다. 부상당한 사람에게 응급처치를 해주고 때로는 죽음을 다루기도 한다. 위험한 물질을 쏟았을 때 처리해 주고 테러가 있을 때 출동하기도 한다.

나는 한밤중에 소방차가 사이렌을 울리며 내 집 앞을 지나가는 것이 좋다. 그것은 안전의 소리이다. 다섯 블록 떨어진 곳에 소방관들이 항시 대기하면서 보호해 준다는 사실을 알기에 나는 푹 잠이 든다. 유사시 누군가 재빨리 달려온다는 것, 나는 그것이 집의 가치를 높인다고 말하고 싶다. 소방관들이 커다란 빨간 차를 타고 집 앞을 지날 때면, 나는 박수를 보낸다.

파이팅! 가서 일 잘 끝내고 와요!

산책을 마치고 집으로 가는 길에 또 소방서 앞을 지나게 되었다. 트럭이 어디론가 가고 없었다. 사이렌 소리를 듣지 못했기에 궁금해서 한 소방관에게 소방차가 어디 갔는지 물었다. "훈련하러 갔습니다." 그렇지. 모든 기술은 훈련이 필요하고 모든 자격증은 갱신이 필요하며 모든 도구는 업데이트가 필요하다. 배움은 끝이 없다.

다시 초등학교 앞을 지나가게 되었다. 이번에는 아주 조용했다. 창문 너머 아이들이 책상 앞에 앉아 공부하는 모습이 보였다. 나는 횡단보도로 가서 길을 건넜다. 교통 지도 하는 아이가 창문 밖을 내다보는데 우연히 무단 횡단 하는 나를 발견하면 큰일이니까. 현장에서 들키기는 싫다.

집에 와서 나는 오늘 아침의 산책과 부동산 감정 평가사의 평가에 대해 생각해 보았다. 어떻게 내 집의 주변 환경이 좋지 않단 말인가? 환경이 안 좋다는 건 정말 말이 안 된다.

나는 매일 인간의 가장 훌륭한 본성, 즉 배우고 알고자 하는 욕망과 도와주고자 하는 욕망을 보고 산다. 나는 서로 돌봐 주려는 열정을, 공공의 이익을 위해 기꺼이 위험을 감수하려는 의지를 내 눈으로 보고 산다. 이것이 시민 사회의 핵심이다.

나는 집을 팔지 않겠다. 계속 살겠다.

우리 집의 주변 환경은 값을 매길 수 없이 귀하다.

내 탓이오, 내 탓이오!

오늘은 전부 내 탓이야.

일요일은 항상 내 탓이야.

시애틀의 우리 집에는 일곱 명이 산다. 식구 다섯 명, 가정부 한 명 그리고 큰 봉제 사슴 인형 한 마리다. 우리는 속죄양 시스템을 도입했다. 모든 사람이 하루씩 맡아서 그날은 집에 무슨 일이 일어나든 그 사람 탓으로 돌리는 것이다.

우리 집은 아주 조직적이다. 예를 들어 가정부는 토요일의 속죄양이다. 토요일에 일어난 일은 모두 가정부 탓이다. 문제 될 것이 없다. 가정부는 토요일에 출근하지 않으니까. 봉제 사슴 인형인 존은 화요일이다. 그리고 일요일은 나다. 식구들 모두 정해진 요일이 있다.

이렇게 하기 시작한 건 사슴 인형 때문이었다. 큰 개만 한 슬픈 눈을 가진 이 인형은 어떤 사람한테서 받은 것인데, 어떻게 우리 집에 오게 되었는지 잊어버릴 정도로 아주 오랫동안 집 안에서 굴러다녔다. 그것을 열아홉 살 일본인 조카가 불쌍히 여겨 '존'이라는 이름을 붙여 주고 식구로 삼았다.

어느 날 아침, 나는 부엌에 가서 우유를 찾았다. 그런데 누군가 마지막 우유를 다 마시고 새로 사 놓지 않았다. 화를 내는데 마침 조카가 사슴 인형을 들고 들어왔다. 조카는 이렇게 말했다. "존이 그랬어요. 많이 미안하대요." 사슴의 표정을 보니 진짜 미안해하는 것처럼 보였다. 우리는 웃었다. 존은 깨끗이 자기 탓임을 받아들였고, 그렇게 우유 위기는 지나갔다.

그 후 얼마 동안 모두들 무슨 일만 있으면 사슴 탓으로 돌렸다. 존은 조용히 품위 있게 수난을 받아들였다. 그러다가 조카가 존한테 그러는 건 불공평하다고 불만을 토로했다. 존이 받는 부담이 너무 무거워 우울해하고 있다는 것이다. 그래서 우리는 부담을 나누기로 했다.

그날의 속죄양이 되면 사과하고 용서해 달라면서 조금 비굴하게 굴어야 한다. 내 탓이 아니라는 것을 나도 알고, 식구들 모두 알고 있을 때는 이렇게 하기가 쉽다. 농담으로 시작했는데 이제는 우리 가족의 사는 방식이 되었다. 실제로 운영이 아주 잘된다. 그리고 분명 사슴도 고마워하는 것 같다.

그래서 오늘은 모두 내 탓이다.

나는 오늘 하루 종일 집에 있지 않았다. 그러나 집에 와서 "정말 정말 정말 미안해."라고 한다. 식구들은 한바탕 웃고 "용서해 줄게."라고 외친다. 나는 내가 무슨 짓을 했는지 궁금하다. 진짜 무슨 일이 있었는지는 모르기 때문이다. 얘기를 들은 후 카펫에 매니큐어를 쏟은 일, 그릇을 깬 일, 우유를 다 먹고 사 오지 않은 일을 진짜로 뉘우친다. 여러분은 불합리하다고 말할지 모르겠다. "물론 그렇죠."라고 대답하겠다. 하지만 우리는 매일 규탄하고 뉘우치는 훈련을 하면서 아주 많이 웃는다. 사소한 잘못을 지적하고 웃는 과정에서 죄와 비난을 날려 버린다. 잘못의 발견이 생기 있는 가족 놀이가 되었다.

모두 좀 더 잘할 수 있다는 것을 안다. 그러나 이렇게 돌려서 웃기게 말하면 아무도 기분 나빠 하지 않는다. 타인과 사는 방법에는 더 나쁜 방법도 많이 있다.

잘 알고 있다. 그렇게도 살아 보았으니까.

트릭을 조심해!

열두 살인 내 친구 브리는 옷을 잘 차려입고 참석하는 자리에 가기를 좋아했다. 브리는 나와 함께 있는 것을 좋아했다. 나 또한 그녀와 함께 있기를 좋아했다. 우리 둘 다 멋있게 보이는 것과 많이 웃는 것을 좋아했다. 그녀는 나와 같은 부류였다.

엄밀히 말하자면 그녀는 내 손녀이다. 그러나 나는 우리가 혈연관계일 뿐만 아니라 서로를 너무도 좋아하는 친구라는 점을 강조하고 싶다. 브리는 나이보다 조숙하고 현명하며, 나는 나이보다 어리고 바보 같다. 브리는 어른이 되기를 열망했으나 어른이 된다는 것의 의미는 몰랐다. 나는 어른이 된다는 것이 어떤 것인지, 어른이 되기 위해 무엇이 필요한지 알지만 어른이 되는 것에 익숙해질 수 없는 사람이다.

옷을 잘 차려입고 가는 특별한 자리 중에는 내가 주례를 선 결혼식이 있었다. 브리와 함께 갔다. 낭만적인 그 결혼식은 생각보다 훨씬 더 멋지게 끝났다. 신랑 신부의 어머니들도 대만족이었다.

신랑과 신부는 영원히 행복하게 살 것 같았다. 적어도 피로연 때는 그렇게 보였다. 사람들은 웃고 울고 껴안고 춤추고 신나게 먹고 마셨다.

사랑을 속삭이고 키스하는 너무도 행복한 시간이었다. 마치 만루 상황에 홈런이 터진 것 같은 축제 분위기였다.

그런데 집으로 돌아오는 길에 브리는 이상하게도 조용했다. 나는 차를 세우고 브리와 함께 손을 잡고 집으로 걸어갔다. 브리는 그때까지도 조용했다. 그러다 갑자기 말을 꺼냈다.

"오늘 밤 그 사람이 어디 있는지 모르겠어요."

"누구 말이냐?"

"그 사람 말이에요. 제가 언젠가 결혼할 남자요. 할아버지 증손자의 아버지가 될 사람 말이에요. 지금 어딘가 있을 거잖아요. 어디 있지요?"

"글쎄, 모르겠구나. 왜 물어보니?"

"걱정이 돼서요……. 잘 지내고 있으면 좋겠어요."

"글쎄, 언젠가 너를 만날 테니까 지금 어디선가 틀림없이 잘 지낼 거야. 운명의 손 안에서 안전하게 살고 있을 거야."

말이 없었다.

나는 브리를 내려다보았다. 입술이 떨리고 눈에는 눈물이 글썽이고 있었다.

"왜, 뭐가 잘못됐니?"

"만약에…… 그 사람이 트럭에 치이면 어떻게 해요?…… 다치면 어떻게 해요?"

그 말을 들으니 내 눈에도 눈물이 고였다.

"끔찍한 일이지." 내가 중얼거렸다.

"네, 제가 옆에 없으니 얼마나 슬프고 외로울까요?" 브리가 훌쩍거리며 말했다.

우리는 현관에 도착해서 문을 열고 들어갔다. 아내가 축 처진 우리 둘을 보고 물었다.

"무슨 일 있어요?"

"브리 남편이 트럭에 치였어. 그런데 우린 지금 누가 그를 돌봐 주고 있는지 알지도 못해." 내가 구슬프게 말했다.

"뭐라고요?"

이 세상 어딘가에 한 젊은이가 있다.

그 사람. 바로 그 사람. 그에게 할 말이 있다.

당신은 지금 모를 것이오. 지금 당신이 어떻게 살고 있는지 모르지만, 언젠가 사랑스러운 일이 생길 거요. 내 사랑하는 친구 브리가 당신에게 가고 있소. 어느 날엔가. 브리가 가면 당신은 다시는 슬프지도 외롭지도 않을 거요.

브리는 옷을 잘 차려입고 예쁘게 웃고 있을 거요. 당신이 운이 아주 좋다면 브리는 당신의 아내일 뿐만 아니라 제일 친한 친구가 되어 줄 거요. 그때까지 나와 브리는 당신을 생각하고 걱정할 거요. 부디 자신을 잘 돌보고 있길 바라오.

트럭을 조심하시오.

이 이야기 끝에 종종 나 자신에게 던지는 질문을 써 놓는다.

'나는 어떻게 될까?'

한번은 누군가 이렇게 물었다. "남은 생에 무슨 일이 일어날지 낱낱이 알 수 있다면 하지만 아무것도 바꾸지 못한다면 무슨 일이 일어날지 알고 싶으신가요?"

어떤 날은 '그렇다.'이다. 대개는 '아니다.'이다.

궁금해해 봐야 아무 소용이 없지만 나는 궁금하다. 궁금한 생각이 드는 것을 멈출 수가 없다. 나는 사실 운명이나 내 생애 단 한 사람 같은 것은 믿지 않는다. 그러나 궁금하다.

그러는 동안 운명의 트럭이 다가온다.

이때 중요한 점은 트럭에 치이지 않는 것이다.

이때 중요한 점은 깨어 있는 상태로 길가에서 기다리는 것이다. 내 번호가 적힌 트럭이 오면 알 수 있도록 말이다. 그리고 올라타서 가는 것이다. 그 여행은 늘 하던 상상처럼 길고도 멋진 여행이 될 것이다.

어른의 그네

일주일 동안 비가 내린 후 드디어 하늘이 개고 날이 따뜻해졌다. 인디언 서머(늦가을에 비정상적으로 따뜻한 날이 계속되는 기간)의 시작을 알리는 신호였다. 산책을 하다가 근사한 그네가 있는 놀이터를 보고 걸음을 멈췄다. 이른 아침이나 저녁 늦게 가면 아무도 없기 때문에 나 혼자 그네를 차지할 수 있었다. 나는 종종 그네에 앉아 한참 동안 흔들거리며 있곤 했다. 오늘 저녁도 그랬다.

그러나 오늘은 혼자가 아니었다. 아이들이 저녁을 먹고 다시 나가 놀아도 된다는 허락을 받았는지 우르르 쏟아져 나왔다. 곧 놀이터는 만원이 되었다. 그네가 꽉 찼다. 작은 남자 아이가 걸어오더니 그네를 타고 있는 내 앞에서 걸음을 멈췄다.

아이는 나를 보고 말했다.

"그네 타고 싶어요. 아저씨는 아이가 아니잖아요."

"나도 애야." 내가 말했다.

"아니잖아요."

"아이라니까."

"아니잖아요. 아저씨는 아이가 아니잖아요." 아이는 소리를 질렀다.

아이 아버지가 벤치에서 일어나 자기 아들이 왜 그네에 앉아 있는 수염 더부룩한 남자한테 소리를 지르는지 보러 왔다.

"왜 그러니, 빌리?"

"이 아저씨가 그네에서 안 내려 줘요. 자기가 아이래요."

아이 아버지는 나를 바라보았다.

나는 그네에 앉아서 그를 바라보았다.

아이 아버지가 미소를 지었다. 그리고 웃었다. 그리고 아들에게 이렇게 말했다.

"이 아저씨 아이 맞네. 좀 크고 나이가 들었을 뿐이야."

"고마워요." 내가 말했다.

아버지는 아들의 손을 잡고 돌아섰다.

"차례를 기다리자꾸나. 그동안 시소 탈까?"

아이는 차례를 기다렸다.

그 아이가 커서 이해할 수 있는 나이가 될 때까지는 많은 시간이 흘러야 할 것이다. 어느 날 나이 먹은 커다란 아이가 되었을 때, 그 역시 9월의 부드러운 황혼 속에서 그네에 앉아 있는 작은 기쁨을 느끼기를 바란다. 그의 아버지와 내가 오늘 어떻게 했는지 기억하기를 바란다. 그리고 그네를 계속 타기를 바란다. 흔들흔들…….

잠깐

이제까지 살면서 '잠깐'이라는 말을 몇 번이나 했을까?

다른 말로 하면, 이제까지 살면서 기억에 남는 갑작스러운 통찰, 직감, 뜻밖의 이야기, 영감, 깨달음, 아름다움, 기쁨의 순간이 얼마나 될까? 갑자기 빛이 번쩍하는 그런 순간. 마침내 이해가 되는 그런 순간. 찰나의 순간.

번개가 치듯 깨달음을 얻는 잊지 못할 큰 순간이 있다. 첫눈에 사랑에 빠질 때, 대수학이 비로소 이해될 때, 혼자 비행할 때, 엄마 역시 한 명의 인간이라는 사실을 알았을 때, 이번에는 배터리 케이블이 잘 걸렸다는 걸 알았을 때 등등.

반대로 작은 불꽃의 순간도 있다. 시간과 상상의 입자 같은 것이 평범한 감각 입자와 충돌해 새롭고 잊을 수 없는 무엇인가가 되어 흩날리다가 쌓일 때. 그 순간 거기 있었던 것이 너무나 행복하다.

무슨 말인지 알아듣기 힘들 것 같다. 아주 특별한 경험을 표현할 적당한 말이 없어서 그렇다. 내가 아는 말은 전부 너무 작거나 아니면 너무 크다. 하지만 무슨 말을 하려는지 여러분도 알 것이라고 생각한다. 우주에 관한 이야기는 아니다.

잠깐에 대한, 순간에 대한 이야기다.

가끔 '나의 순간'을 사람들과 나누고 싶다. 한 남자와 바위 이야기부터 시작해 보겠다.

바위 사나이

시애틀 서해안의 길고 좁은 땅에 머틀 에드워즈 공원이라는 곳이 있다. 여기에는 해안을 보호하기 위해 가파른 화강암 방파제가 쌓여 있다. 여러 가지 크기의 거칠고 뾰족한 회색 돌이다. 실용적이기는 하지만 예쁘지는 않다. 확실히 예술을 위한 재료는 못 된다. 하지만 바위 사나이의 상상력이라면 다르다.

그는 그 못생긴 돌로 조각을 만든다. 들쭉날쭉한 무거운 돌을 가지고 조심스럽게 균형을 잡으며 쌓아 올리면 작품이 된다. 1.2미터나 1.5미터, 어떤 때는 1.6미터까지 된다. 이 돌들은 중력의 작용을 받지 않는 듯이 보일 뿐만 아니라 사람들의 비평에서도 떨어져 있다. 일하는 도중에 돌이 떨어지면 발가락이나 손가락이 뭉개지는 등의 중상을 입을 수 있기 때문에, 사람들은 멀찍이서 조용히 숨을 죽이고 바위 사나이가 일하는 모습을 지켜본다.

바위 사나이는 멕시코인과 흑인의 혼혈인 젊은이다. 그는 집이 없어서 공원 숲에 작은 텐트를 치고 잔다. 어느 날 오후 그는 우연히 바위를 쌓기 시작했다. 사람들이 걸음을 멈추고 그를 보더니 기술과 용기를 높이 평가하는 의미에서 돈을 주었다. 그것이 생계를 위한 일이 되었다. 그는 작품 하나를 끝내면 멀찍이 물러서서 보며 노래를 부르거나 시를 낭송한다. 행위 예술이다. 매일 마지막에는 사람들에게 조각을 물속으로 밀어 넣으라고 한다. 그는 태연하다. 예술의 과정을 중요시하지, 만들어진 작품은 중요하지 않다고 보기 때문이다.

여러분에게 바위 사나이의 사진을 보여 주고 싶다. 그런데 그는 사진을 찍지 말라고 당부했다. 이유는 여러 가지다. 지금 어떤 사건의 목격자로 보호받고 있기 때문에, 아내가 여러 명인데 그중 하나가 알아볼까 봐. 자신이 콘돌리자 라이스 전 장관과 멕시코 대통령 사이에서 난 사생아라고 주장하기도 한다. 외계인이 지구에 와서 몇 가지 실수를 했다는 증거가 자기라고 하기도 한다.

바위 사나이의 모습이 어떨지 그의 예술이 어떨지는 여러분 스스로 상상하는 수밖에 없다.

그는 자신의 삶을 상상하는 데 아무 거리낌이 없다.

내가 가지고 싶었지만 가지지 못한 무언가를 그는 가지고 있다.

오로지 한순간의 기억.

들쭉날쭉한 바위를 보고 예술을 본 그날, 그 특별한 마법의 순간.

괴짜

지난 주말 시애틀 센터의 피셔 전시관에서는 문신 박람회가 열렸다. 문신 자격증이 있는 전문가 200여 명이 직접 고안한 디자인을 전시하고, 관람객을 대상으로 문신과 피어싱을 해주는 등의 기술을 선보였다.

사실 나는 단 한 사람의 소수자였다. 관람객들은 주로 젊고 인종도 다양하고 피어싱과 문신이 많고 옷도 색다르게 입은 이들이 거의 대부분이었다. 그런데 나는 양복에 넥타이를 매고 머리는 단정하게 깎고 턱수염을 약간 기른 나이 든 백인이었다. 내 옷차림은 저녁 만찬에 나갔다가 반체제 문화가 무엇인지 보려고 잠시 들른 사람 같았다. 그들은 나를 쳐다보았다.

"저 사람 좀 봐. 괴짜 같지 않니?"

언젠가 이 사람들과 어울리려면 이렇게 하면 되겠구나 하는 길이 보이기도 했다. 어떤 나이 든 남자가 검은 수영복 바지를 입고 사진을 찍으려고 자세를 취하고 있었다. 그의 늙고 여윈 피부는 목에서부터 손과 발까지 일본 전통 문신으로 완전히 덮여 있었다. 딱 붙는 민소매 티셔츠를 입고 짧은 반바지를 입은 문신 햇병아리들이 그의 무릎 위에 앉아서 1인당 5달러씩 내고 사진을 찍었다.

그는 나를 보더니 윙크했다. 그리고 이렇게 말했다.

"양로원에서 빙고 게임하는 것보다 훨씬 나아요."

광장

문신 박람회장에서 45미터도 채 떨어지지 않은 시애틀 센터의 메인 광장에서는 금요일 저녁의 무료 댄스파티가 열리고 있었다. 문신 박람회에서 나오자마자 음악 소리가 들리기에 나는 그쪽으로 발걸음을 옮겼다.

오늘은 포크 댄스였다. 광장에는 노련한 노인 댄서 몇 쌍이 춤을 추고 있었다. 여자들은 발등에 끈이 달린 신발을 신고, 알록달록한 치마 속에 폭신한 페티코트를 입고 있었다. 남자들은 파트너의 치마에 맞춘 셔츠 차림이었다.

괴짜 노인들이었다. 하지만 춤은 참 잘 췄다. 매끄럽고 쉽고 조화롭게. 왈츠, 폴카, 투스텝 같은 커플 댄스도 훌륭하게 췄다. 평상시 길에서 마주친다면 돌아보지 않겠지만 지금은 그들에게서 눈을 뗄 수가 없었다.

한 커플이 특히 관심을 끌었다. 남자는 늙고 백발이었고 춤추는 동작이 약간 어색했다. 자세히 보니 의족이었다. 바지 밑으로 의족의 윤곽이 보였다. 여자는 늙고 통통하고 황금색 금발이었다. 한쪽 팔 끝에는 강철로 된 갈고리가 있었다. 하지만 파트너 역할을 잘 해내고 있었다.

무슨 사연일까? 어떻게 해서 팔다리를 잃게 되었을까? 팔다리가 없다고 춤추는 것이 불편한 듯 보이지는 않았다. 정말 춤을 잘 췄다. 어떤 춤이든 척척 해냈다. 마침내 두 사람은 춤을 끝내고 앉으면서 웃었다. 아주 행복해 보였다.

뚱뚱한 엉덩이보다
나쁜 건 뚱뚱한 머리

나와 동갑인 옆집 남자가 어린 시절의 자전거 사랑을 다시 불태우기 시작했다. 그의 새 자전거는 티탄 지르코늄 카본 섬유 본체에 기어가 50단이나 되고 위성 항법 장치GPS와 충격 흡수 장치까지 완벽히 갖춘 것이었다. 그런데도 무게는 컴퓨터보다 가벼웠다.

하지만 나를 놀라게 한 것은 이 자전거가 아니다. 나를 놀라게 한 것은 그의 옷차림이었다. 귀여운 빨간 신발, 몸보다 머리가 늘 한 발짝 앞서가게 보이게 하는 스타워즈 헬멧, 전투 조종사용 고글, 상상의 여지를 남기지 않는 몸에 딱 붙는 총천연색 스판바지.

그를 보기만 하면 나도 모르게 웃음이 터지지만 가능한 한 입을 다물고 웃는다. 그는 그렇게 입으면 큰 엉덩이가 작아 보일 거라고 생각한다. 멋지다고 생각한다.

어느 날 그는 살사 댄스 모임에 못 간다는 대답을 하러 들렀다. "춤을 못 춰요. 괜히 바보가 될 거예요." 좋다. 하지만 자전거 탈 때는 삼류 서커스 단원처럼 입고 다니지 않는가? 자전거를 타는 그의 뒷모습을 보면 콘돔 속에 대포알 두 개가 들어가 양쪽으로 축 처진 것처럼 보인다. 그는 이 각도에서 자신을 본 적이 없겠지만.

그래서 어떻단 말인가? 몸에 꼭 끼는 청바지가 유행이지만 우리 대부분은 자신의 뒷모습이 어떤지 모른다. 나는 비웃지 않는다. 나 자신은 그런 옷차림으로 집 밖에 나가지 않겠지만, 그가 자신의 건강을 위해서 용기를 낸 것은 감탄할 일이다.

그런데 춤에 거부감을 가진 것은 안타깝다. 하지만 나도 그런 마음을 너무도 잘 안다. 그리스식 결혼식에 처음 갔을 때였다. 사람들이 춤추는 동안 나는 구석에 앉아 있었다. 그들의 화려한 발놀림에 기가 죽었다. '괜히 나가서 바보 되지 말자.' 내 마음을 읽었는지 여자 한 분이 춤을 멈추고 다가와 말했다.

"같이 안 추면 바보 같다는 생각이 들 거예요. 같이 춰도 바보 같다는 생각이 들 거예요. 그런데 왜 안 춰요? 다 그렇게 시작하는 거죠. 자, 갑시다!"

나는 춤을 췄다.

바보의 춤을 추고, 바보의 웃음을 웃고, 바보의 옷을 입으면 어떤가? 내가 다른 사람들에게 어떻게 보일지에 관심을 덜 쏟으면 어떤가?

뚱뚱한 엉덩이보다 나쁜 건 뚱뚱한 머리다.

추수감사절의 봄

늦가을 오후, 나는 산책을 하면서 마치 수사관이 된 듯 나무들을 자세히 살폈다. 가을이면 초록색에서 노란색 혹은 빨간색으로 물드는 나무들이 과연 제대로 일하고 있는지 확인하기 위해서였다. 제대로 일하고 있었다.

나뭇잎을 싹 쓸어가 버리는 북풍이 아직 불지 않은 때라 나무에는 더러 잎들이 남아 있었고, 떨어진 나뭇잎은 나무 밑에 그대로 쌓여 있었다. 그래서 길도 인도도 잔디밭도 알록달록한 카펫이 되었다.

시애틀의 긴 가을은 사람을 황홀하게 만든다. 그리고 집으로 돌아가 난롯가에 앉아서 조용히 추억을 정리하며 추수감사절에 대한 마음의 준비를 하도록 만든다.

그런 기분으로 걷다가 뜻밖의 광경에 걸음을 멈추었다.

어느 꽃집에서 꽃을 내놓고 팔고 있는데 양동이에 튤립이 가득한 게 아닌가. 튤립! 게다가 막 꽃봉오리가 맺힌 수선화도 잔뜩 있었다. 뭐야? 지금이 봄이야?

"현지에서 기른 거예요." 매력적인 외모의 꽃집 여인이 말했다. "온실에서 재배한 거지요. 원예 과학과 항공 운송이 발전해서 연중 어느 때라도 원하는 꽃을 살 수 있어요. 이제 계절은 상관없어요. 그리고 저희 가게는 1년 365일, 하루 24시간 열기 때문에 사고 싶은 때 언제든 꽃을 사실 수 있지요." 마치 내가 지금이 21세기라는 것을 모르기라도 하듯이 자세히 설명해 주었다.

"하지만 지금은 11월이잖아요!" 내가 어이없다는 듯 말했다. "가을, 가을이잖아요. 지금 튤립이랑 수선화를 파는 건 불법이거나 비도덕적이거나 하여튼 옳지 않은 일이에요. 이게 누구 생각인가요?"

그녀는 부드럽게 미소 지으며 꽃을 사지 않아도 된다고, 보기 불편하면 꽃을 보지 않아도 된다고 말했다.

"진정해요, 괜찮아요." 그녀가 말했다.

그때 한 노인이 비틀거리며 천천히 가판대로 걸어왔다. 노인은 계산대 가장자리에 지팡이를 걸어 놓고 막 꽃이 핀 수선화 한 다발을 집어 들었다. 그리고 선물 포장을 해달라고 했다. 그리고 수선화를 찾아서 너무 기쁘다고 했다.

"57년 동안 함께 산 아내가 병원에서 죽어 가고 있어요. 이제 아흔 살이죠. 말기 암이에요. 잘하면 몇 주, 잘못하면 며칠이래요. 어젯밤에 얘길 하는데 봄을 다시 못 보고 가게 돼서 슬프다고 하더군요. 아내는 정원사였어요. 꽃을 사랑하죠. 봄을 사랑하죠. 그런데 여기서 수선화를 파네요. 추수감사절에 아내한테 봄을 안겨 줄 수 있겠어요."

아, 그렇다면 나도…….

"튤립 열두 송이하고 수선화 한 다발 사겠습니다."

남은 것

친구에게 보내는 편지

11월 넷째 주 목요일 밤, 자정이 가까운 시간에 산책을 나갔다. 음식과 사람이 넘쳐 나는 추수감사절을 보낸 직후라 들뜬 마음에 차분히 잠을 잘 수가 없었다. 뭔가 빠져 있었다. 하루를 마감하는 마침표가 빠져 있었다.

밤은 추웠고, 비가 왔다. 거리는 텅 비어 있었다. 매일 가던 길 말고 다른 길로 산책하기로 했다. 마치 느리게 달리는 조용한 기차에 앉아 유럽의 어느 마을을 지나는 기분이었다. 집들은 불이 꺼졌고 신비로웠다. 모퉁이의 집 하나만 빼고.

불이 켜져 있는 곳은 그 집의 부엌이었다. 부엌 창문은 싱크대의 뜨거운 물 때문에 뿌옇게 김이 서려 있었고 창문을 통해 노부인이 설거지하는 모습이 보였다. 밝은 노란색 블라우스 위에 흰 앞치마를 두르고 어깨에는 줄무늬 행주를 걸치고 있었다. 노부인은 때때로 젖은 손으로 흘러내린 머리를 뒤로 쓸어 넘겼다.

처음에는 노부인을 도와주는 사람이 있으리라고 생각했다. 하지만 곧 혼자라는 것을 알게 되었다. 노부인은 혼자 이야기하고 노래하며 설거지를 하고 있었다. 한번은 미소를 짓더니 손을 멈추고 추억을 더듬듯이 먼 곳을 바라보았다. 그리고 크게 한 번 웃고 설거지를 계속했다. 나처럼 그 부인도 근사한 추수감사절을 보냈나 보다.

노부인은 설거지를 끝내고 부엌 불을 끄고 거실로 가서 밖을 내다보았다. 아직 비가 내리고 있었지만 나는 방금 알게 된 동무와 헤어지는 것이 서운해 가로등 아래에서 우산을 쓰고 계속 서 있었다. 그녀가 나를 보았다. 미소를 지으며 손을 흔들었다. 나도 손을 흔들었다. 이제 가야겠다 싶어서 길을 건너며 뒤돌아보았다. 부인은 아직 거기 있었다. '좋은 밤 보내세요. 당신이 누구든. 그리고 손 흔들어 줘서 고마워요.' 마음속으로 말했다.

그녀도 마음속으로 똑같은 말을 했길 바란다.

나의 느리고 조용한 기차는 마을을 지나 계속 달렸다. 마지막으로 뒤돌아보니 거실 불도 꺼져 있었다. 그 집도 어둠 속에 묻혀 버렸다.

추수감사절 다음 일요일 아침이었다. 나는 집에 혼자 조용히 앉아 있었다. 밖은 춥고 비바람이 불었다. 새벽에는 눈이 내렸지만 쌓이지는 않고 비로 바뀌었다. '주말에는 느리게'라는 말이 딱 맞다. 나는 오트밀 한 그릇을 먹고 뜨거운 코코아 한 잔을 마셨다. 그리고 집에 있었다. 천천히, 조용히.

라디오에서 들리는 뉴스는 주로 이라크의 비극과 광적인 명절 쇼핑에 대한 것이었다. 우연히 대통령의 인사 끝부분을 듣게 되었다. "신이 미국을 축복하시기를!" 우리나라를 대표하는 사람이 '신이 세상 모든 곳을, 모두를 축복하시기를!'이라고 인사하는 것이 전통이 되면 좋겠다.

라디오를 끄고 내 힘으로는 멈출 수도 고칠 수도 없는 것들에 대한 뉴스도 껐다. 그때 그리스에 있는 친구에게서 국제 전화가 왔다. "너희 미국 사람들은 도대체 무슨 생각을 하는 거야?" 모른다. 모르겠다. 돈, 선의, 평화를 낭비하고 있다는 데 수치심을 느낀다. 그 거짓말과 어리석음과 죽음에 내가 공범이라는 사실이 수치스럽다. 전화를 끊고 창문을 열고 떨어지는 눈을 바라보았다. 조용히 있자. 최소한 월요일까지는.

여든여섯 세인 장모님이 이번 주에 돌아가셨다. 오랫동안 알츠하이머병으로 고생한 뒤 주무시는 동안 조용하고 편안히 숨을 거두셨다. 좋은 분이었다. 일본인 이민 2세대로 소아과 의사였고 충실한 어머니이자 아내였다. 우리는 금요일에 가족묘로 가서 뼛가루를 안장했다. 장모님은 종교가 없었고 자신이 죽으면 예배를 올리지 말라고 미리 당부하셨다. 그래서 간단하고 조용히 장례를 치렀다. 아주 가까운 가족만 모였다.

나는 유골함에 재를 담는 일을 하겠다고 자원했다. 그런데 생각과는 달리 복잡한 일이었다. 유골함에는 아주 작은 구멍 하나밖에 없었다. 그래서 재를 넣으려면 비닐봉지에 담아서 깔때기로 넣는 수밖에 없었다. 시간도 많이 들고 신경도 많이 쓰였다.

유익한 경험이었다. 나 자신도 죽음을 면할 수 없는 존재임을 다시 한번 깨달았다. 회색 뼛가루가 함을 채우는 것을 보자, 내 삶의 남은 시간이 모래시계의 모래처럼 떨어지고 있다는 생각이 들었다. 나는 죽음에 흔들리지 않으려고 노력한다. 하지만 때로는…… 때로는 흔들린다.

무덤가에서 잠시 애도 의식을 한 후 사람들은 집으로 돌아갔고, 나는 혼자 남아 묘지 이곳저곳을 돌아다녔다. 추수감사절 밤, 창가에 서 있던 노부인의 모습이 떠올랐다. 아직도 생생했다. 때로는 상대방이 거기 있다는 사실을 아는 것만으로 충분할 때가 있다. 지금으로서는 그것이 우리가 할 수 있는 최선이다.

서로 손을 흔들어 화답해 주고.

이 글이 내가 여러분에게 손을 흔들며 인사하는 방식의 하나임을 알아줬으면 좋겠다. 그리고 여러분도 내게 손을 흔들어 주기를 진심으로 바란다.

낙서

'바이킹과 앵무새가 무서워요.'

집에서 두 블록 떨어진 보도 위에 흰 분필로 이렇게 씌어 있었다. 조금 더 가니 이런 글도 있었다. '죽은 벙어리장갑 세 개를 가지고 있다.' 또 조금 더 가니 이런 글이 있었다. '내 이빨은 밤이 되면 때로 내 몸을 떠나곤 한다.'

그렇다면 나도 한번……. 분필을 샀다.

이 사람 놀이에 한번 끼어 볼까? 약간 미쳤거나 시적이거나 상상력이 풍부한 자기 같은 사람을 기다리는 걸까? 아니면 세상에 필요한 메시지를 잘 몰라서 이런 걸 쓰는 걸까? 아니면 그냥 노는 사람? 모르겠다. 비논리 클럽 회원들 사이에 주고받는 비밀 암호나 외계인의 메시지일지도 모른다. 어쨌든 무슨 상관이랴? 재미있을 것 같다. 기회를 왜 놓치겠는가?

아, 그런데 무슨 글을 쓰지? 그 글에 대한 평을 쓰면 어떨까? 오늘 아침 일찍 나는 그리로 가서 모르는 사람이 쓴 글 옆에 이렇게 썼다.

'바이킹은 선물을 가져온다.'

'앵무새는 당신의 마음을 말한다.'

'네 번째 벙어리장갑이 발견되었다.'

'충직한 이빨을 어디다 쓸 텐가?'

그리고 여기저기 이런 질문을 써 놓았다.

'내가 알게 될까?'

'나는 어떻게 될까?'

'네가 아직 나를 사랑한다면 내가 떠나도 나를 사랑할까?'

'누가 알고 있었을까?'

'당신은 어떻게 항변하는가?'

'원圓은 깨지지 않을까?'

내 글은 미지의 분필 작가가 쓴 것처럼 난해하지는 않았다. 그리고 담화의 수준을 높였다고 할 수 있었다.

하루가 지났다. 날이 샐 무렵 비가 오기 시작했다. 나는 서둘러 내 도전이 받아들여졌는지 보러 나갔다. 비가 와서 분필 자국은 거의 지워지고 없었다. 하지만 두 군데 큰 글씨로 누군가 이렇게 써 놓은 것이 보였다.

'대체 여기서 무슨 일이 벌어지고 있는 거야?'

아하, 이 근처에 분필로 장난을 하는 사람이 세 명이구나. 하지만 이 말이 내 질문에 대한 대답인지 아닌지는 알 수 없었다. 좋은 질문이다. 인정한다. 살아가면서 모두 내내 하는 질문이다. 매일은 아니더라도 일주일에 한 번은.

오늘 오후, 집으로 가는 길에 보도를 유심히 살펴보았다. 거센 빗줄기에 분필 글씨는 지워지고 없었다. 상관없다. 하지만 담화를 계속 이어 나가고 싶은 마음이다. 다음 주 일요일에는 이렇게 쓰려고 한다. '왜 하필 나인가?' 이것도 사는 동안 내내 하는 질문이다.

이런 식의 글은 아주 오래전부터 있었다. 성경에도 나와 있다. 『다니엘서』 5장 24절부터 28절 사이에는 "므네, 므네, 드켈, 브라신."이라는 구절이 나온다. 바빌론의 왕 벨사살이 주관한 잔치가 벌어지고 있던 중에 벽에 쓰인 이 글이 발견된다. 다니엘은 이를 "왕을 저울에 달아 보니 무게가 모자랐다."라고 해석했다.

나쁜 소식이다. 벨사살 왕은 이렇게 물었을 것이다.

"무슨 일이 벌어지고 있는 거야?" 그리고 "왜 하필 나야?"

이웃들이 사는 법

옆집 아주머니가 손으로 얼굴을 움켜쥐고 애타는 모습으로 쓰레기차 옆에 서 있는 것이 보였다. 쓰레기차는 통을 들어 올리고 내용물을 냄새나는 큰 통 속에 털어 넣고 있었다. “무슨 일 있으세요?” 내가 물었다.

아주머니가 이야기를 털어놓았다. 먼저, 친척들이 오면 주려고 포도주를 준비하던 중 코르크 마개를 너무 깊이 병 속으로 집어넣었다는 것이다. 다음은 포도주 따개로 코르크 마개를 꺼내려고 하다가 마개가 갑자기 병 속에 빠지는 바람에 포도주가 튀면서 옷과 부엌이 진홍색 얼룩으로 흥건해졌다는 것이다.

그래서 저렴한 포도주 따개 두 개와 좋은 포도주 한 병을 사려고 가게에 간 김에 우유와 다른 물건도 샀다. 집에 와서 물건을 꺼낸 후 봉지를 돌돌 말아 부엌 쓰레기통에 버리고 그 쓰레기통을 길거리에 있는 큰 쓰레기통에 가져다 비웠다.

그런데 나중에 포도주 병을 따려고 하는데 따개가 보이지 않았다. 그때 쓰레기차 소리가 들렸고 문득 생각이 났다. 그래서 집 밖으로 달려 나왔다는 것이다.

나는 부인에게 우리 아버지가 자주 해주시던 농담 하나를 들려주었다. 어떤 남자가 구멍이 두 개 있는 재래식 변소에서 친구와 함께 일을 보고 있었다. 남자는 일을 마친 후 바지를 입고 이렇게 말했다. "제길, 손에 5달러짜리 지폐가 있었는데 구멍으로 빠져 버렸어."

남자는 친구에게 이렇게 말했다. "100달러만 빌려 줘. 지금 당장 필요해." 친구가 지갑에서 100달러짜리 지폐를 꺼냈다. 그랬더니 남자는 그 돈을 바로 변소 구멍에 떨어뜨리는 게 아닌가. "너 뭐 하는 짓이야?" 친구가 소리쳤다. 남자는 이렇게 대답했다. "5달러밖에 안 되는 돈 때문에 변소를 다 뒤질 수는 없어."

이웃 아주머니는 웃었다.

"쓰레기차 속에 결혼반지를 던져 버리세요. 그럼 틀림없이 그 포도주 따개를 찾으실 거예요. 더 큰 문제가 생겨야 해결되는 때가 가끔 있지요." 내가 말했다.

부인은 바보 같지만 해로운 사람은 아니라는 듯 나를 물끄러미 쳐다보고는 조용히 집으로 들어갔다.

원한다면 포도주 따개를 빌려 줬겠지만 부인은 쓰레기통 속의 포도주 따개와 자신이 저지른 일련의 실수에 너무 정신을 빼앗겨 있었다.

진정한 해결은 포기하는 것이었다.

그럴 때가 종종 있다.

나는 맞은편 옆집 아주머니를 괴롭힌 적도 있다.

미안하다. 하지만 아주 많이 미안하지는 않다.

옆집에는 오래된 벤츠가 한 대 있는데 툭하면 경보 장치가 울린다. 아주머니는 차가 왜 그런지 모른다. 하지만 모든 일은 그 집 개와 관련이 있다. 붙임성 좋지만 아주 신경질적인 개. 혼자 밖에 있을 때는 외로워서 9초마다 한 번씩 집요하게 울어 대는 개.

(정확히 9초 간격이다. 직접 시간을 재 보았다.)

개 짖는 소리는 이웃을 미치게 만든다. 그 이웃이 바로 나다. 석간신문을 읽으려고 하는데 개가 짖으면 미칠 것 같다. 하지만 나는 옆집 아주머니를 좋아하고, 또 개가 짖는 것을 막기 위해 할 수 있는 일도 사실 없다. 개가 나처럼 나이 들고 좀 이상해서 그렇거니 생각한다. 내가 죽기 전에는 죽겠지 하며 개가 먼저 죽기를 기다릴 뿐이다.

그런데 어제 아주 우연히, 우리 집 뒷문을 세게 닫으면 그것이 벤츠의 경보 장치를 울리게 한다는 사실을 알아냈다. 경보가 울리면 아주머니가 나온다. 그러면 개는 입을 다문다. 그래, 좋아. 그렇다면 문을 쾅 닫으면 되는 거네.

효과는 있었다. 오래 이용할 수 있는 해결법은 아니다. 그러나 재미있게 기분 전환할 거리는 될 것 같다. 만족스럽지는 않지만 당분간 이 해결법을 쓰기로 했다. 개에게도 영향이 있는 듯하다. 개는 이제 17초마다 짖는다.

규칙을 지키는 바보들

남자들은 대부분 쇼핑을 즐기지 않는다. 재공급만 할 뿐이다. 남자들은 무엇이 필요한지 안다. 그것이 어디에 있는지 어느 가게 어느 선반에 있는지도 안다. 남자들은 가게에 들어가서 곧바로 물건을 사고 나온다. 하찮은 일로 시간을 낭비하지 않는다. 들어가서 사고 나온다. 간단하다.

나도 이런 남자들 중 한 명이다.

안전 요원 소녀들을 도와준 다음 날 아침, 시내에 가는 길이었다. 새 양말이 필요했다. 열두 켤레를 살 계획이었다. 여섯 켤레는 검은색, 여섯 켤레는 갈색. 나는 양말이 어디 있는지 정확히 안다. 일 년에 한 번씩 백화점 남성용품 코너에 가기 때문이다. 작년에도 그랬고 재작년에도 그랬다.

주차를 하고 도로로 나왔다. 빨간 불이었다. 이쪽도 저쪽도 오는 차가 없었다. 경찰도 없었다. 오로지 양말을 사야 한다는 생각밖에 없는 남자들에게는 빨간 불이 해당되지 않는다. 빨간 불은 나이 든 여자들한테나 해당된다. 간다.

도로 안으로 다섯 발자국 들어갔는데 반대쪽에서 신호를 기다리는 가족이 눈에 띄었다. 네 명 모두 큰 글씨로 '위스콘신에서 온 바보들'이라고 쓰인 티셔츠를 입고 있었다. 유머 있고 견실한 시민들, 보수적이고 열심히 일하고 법을 지키고 살며 그 점을 자랑스러워하는 곳에서 온 관광객들이었다.

여자아이 두 명과 엄마 아빠는 손에 손을 잡고 신호가 바뀌기를 끈기 있게 기다리고 있었다. 하나는 아홉, 하나는 열한 살쯤 되어 보이는 아이들이 나를 뚫어지게 보았다.

아니, 빨간 불인데도 뻔뻔하게 길을 건너는 어른을 뚫어지게 바라보았다고 해야 할 것 같다. 아마도 안전 요원 학생들인가 보다. 자기 구역을 잘 지킨다고 칭찬했던 그 소녀들처럼.

시간이 멈췄다. 아직도 빨간 불이었다. 소녀들은 손가락으로 나를 가리켰다. 머릿속에서 경고 등이 켜졌다. 삐삐삐! 내

양심은 '위선자, 사기꾼.'이라고 중얼거리기 시작했다. 이제는 부모들도 나를 봤다.

이런 상황이 진짜 싫다.

한숨을 쉬고 걸음을 멈췄다. 돌아서서 다시 보도로 갔다. 그리고 기다렸다.

마침내 신호가 파란색으로 바뀌었다. 위스콘신에서 온 그 가족과 나는 길을 건너기 시작했다. 횡단보도에서 내 옆을 지나치게 되자 두 소녀 중 언니가 나를 향해 싱긋 웃더니 잘했다는 표시로 엄지손가락을 위로 올렸다.

회개한 사람에게 보이는 자비의 손짓이었다.

우리는 서로를 본다. 서로를 지켜보기도 한다. 나는 아이들의 이름도 모르고 지금 어디에 있는지도 모른다. 아이들 역시 지금 내가 자기들 이야기를 하고 있다는 것을 꿈에도 모를 것이다. 그러나 그들은 나를 보고 있었고 당신과 우리를 보고 있었다.

임무를 마치고 돌아올 때는 좀 더 신중하게 주차장으로 갔다. 이 빨간 불 사건은 내 마음을 불편하게 만들었다. 18세기 철학자 장 자크 루소가 생각났다. 대학교 철학 수업 때 나는 그의 사회 계약이라는 개념을 처음 들었다. 간단히 말하면, 사람은 질서 있는 사회에서 함께 살기 위해 암묵적 동의를 한다는 것이다. 기준을 지키고자 하는 약속 없이는 무정부 상태가 된다는 것이다.

사람들의 동의는 법이 된다. 그러나 법의 성공은 사람들의 태도에 달려 있다. 태도는 아주 간단한 규칙을 존중하는가 아닌가에서 드러난다. 예를 들어, 빨간 불은 응급차 말고는 멈추라는 신호다. 이것은 언제나 그리고 모든 사람에게 해당된다.

아주 기초적인 것이다.

왜 나는 때때로 이 규칙이 내게는 적용되지 않는다고 생각할까?

어머니가 했던 질문이 떠오른다. “너는 네가 누구라고 생각하니?”

대답은 ‘바보’. 하지만 위스콘신에서 온 가족과 같은 바보는 아니다.

때로는 대책 없이 혼란스럽다

네 부분으로 이루어진 결말 없는 이야기

1부

작업실과 집 사이에는 사거리가 몇 개 있는데 늘 사람들이 도움을 청하는 글이 적힌 종이를 들고 서 있다. '집이 없어요.' '먹을 것을 주면 일하겠습니다.' '에이즈에 걸린 베트남 참전 용사.' '거짓말하지 않겠어요. 맥주가 필요합니다.' '태워 주세요. 여기 말고 어디든 괜찮아요.' '우리 모두 때로는 도움이 필요해요.' 아주 독특한 것도 있다. '닌자가 우리 가족을 죽였어요. 태권도를 가르쳐 주세요.'

그런데 지나갈 때마다 한 여성이 특별히 내 관심을 끌었다.

그녀는 서 있는 대신 초록색 플라스틱 양동이 위에 앉아서 자신의 손을 내려다보았다. 도움이 절실히 필요해 보이지도 않았다. 젊고 예쁘고 단정하고 깨끗하며 그 나이 또래 여자들이 많이 입는 난민 스타일의 옷을 입고 있었다.

그녀의 종이에 적힌 말은 그때그때 달랐다. '무일푼이에요.' '파산했어요.' '임신했어요.' '아프고 피곤해요.' 그리고 오늘 아침은 '대책 없이 혼란스러워요.'였다. 그녀를 위해 무엇을 할 수 있을까? 모르겠다.

이들 대부분은 그렇게 절망적이지는 않으며 구걸이 그냥 낮에 하는 일이 되어 버린 것뿐이라 생각하고 넘어갈 수도 있다. 어떤 사람은 사기꾼일지도 모르고, 어떤 사람은 마약이나 알코올 중독자로 마약 주사 한 번 맞을 돈이 모이기를 기다리는 중일지도 모른다. 또 어떤 사람은 이미 어떤 복지 프로그램의 혜택을 받고 있을지도 모른다. 시애틀에는 그런 프로그램이 아주 많으니까.

이제까지 나도 이렇게 생각해 왔다.

그러나 뭔가 꺼림칙하다. 나는 여기서 신호등이 바뀌기를 기다리고 있다.

그들은 2미터도 안 되는 곳에 있다.

나는 충분한 것 이상을 가지고 있다. 그들은 그렇지 않다. 그리고 우리는 여기서 얼굴을 마주하고 있다.

2부

길거리에 앉아서 구걸하는 기분은 어떨까. 늙고 추하고 꾀죄죄한 불쌍한 모습으로 모퉁이에 쭈그리고 앉아 '도움이 필요합니다.'라고 쓰인 판지를 들고 있는 나를 상상해 보았다.

상상할 수는 있었다. 실제로 해볼 수는 없었다. 그러나 가까이 갈 수는 있을 것 같았다. 그래서 어느 금요일 오후, 구걸하는 사람들이 눈에 띄자 차를 세우고 그들이 잘 보이는 버스 정류장에 가서 지켜보았다.

다섯 시였다. 더웠다. 차가 많았다. 퇴근하는 사람들을 태운 차였다. 초라한 중년 남자 한 명이 '집 없는 베트남 참전 용사'라고 적힌 판지를 들고 있었다. 한 무리가 모른 척하며 지나갔다. 어떤 사람은 그를 쳐다보았으나 이내 노골적으로 먼 곳으로 시선을 돌렸다. 어떤 사람은 그를 피하기 위해 일부러 차선을 바꿨다. 어떤 사람은 창문을 열고 "일자리나 찾아봐라, 이 얼간아!" 하고 소리쳤다. 밴을 타고 가던 남자 두 명은 손가락질을 했고, 10대 아이들이 가득 탄 차는 고의로 그에게 다가가더니 경적을 울리고 달아났다. 한 시간 동안 그는 단 한 번의 미소와 1달러를 버는 대신 수많은 적대감 속에 있어야 했다. 그가 안타까웠다. 인간이라는 종족이 안타까웠다. 그러나 그 자신이 느꼈을 기분에 비하면 반의반도 안 될 것이다. 너무도 힘들고 너무도 비참한 직업이다. 구걸하는 이유가 뭐든 구걸을 하려면 독한 면도 있어야 하고 그만큼 절망적이기도 해야 할 것 같았다.

그 후 어떤 일이 일어났을까? 나는 여러분이 했을 만한 행동을 했다. 그에게 말을 건네고 20달러를 주고 밤을 보낼 수 있는 시내의 복지 시설로 데려다주었다. 좋은 일을 했다는 생각은 들지 않는다. 나는 그의 삶을 바로잡을 수 없다. 잘 알고 있다. 그리고 동정은 공감이 아니다. 잘 알고 있다. 그는 내일이면 다시 거리로 나갈 것이다. 그것도 잘 알고 있다.

3부

초록색 양동이 위에 앉아 '돈이 하나도 없어요, 집이 없어요, 임신했어요, 아프고 피곤해요 그리고 대책 없이 혼란스러워요.'라는 종이를 들고 있던 여자는 어떻게 되었을까? 외모와 들고 있는 글이 어울리지 않았다. 그래서 아마도 무슨 조사를 하는 것이 아닌가 생각하기도 했다. 노숙자에 대한 박사 학위 논문을 쓰는 중인지도 모르겠다. 며칠 후 다시 보이기에 주차를 하고 그녀에게 갔다. 그리고 "안녕하세요?" 하고 인사를 건넸다.

그녀는 나를 쳐다보더니 소리를 질렀다.

"섹스하려고 하는 거죠? 남자들은 다 똑같아요!"

뭐라고? 어떻게 한 번 보고 나를 판단할 수 있단 말인가?

"도와주려는 것뿐이오." 내가 말했다.

"아하, 그래요? 모두들 그렇게 얘기하죠. 난 마약 중독자에다 에이즈 환자예요. 이제 나랑 섞이기 싫죠? 내 일에 참견 마요. 난 칼이 있어요. 나를 보호할 수 있다고요. 당신네 중산층 양심이나 만족시키게 돈이나 주고 가요."(그녀가 정확히 이렇게 말하지는 않았다. 그녀의 언어는 더 노골적이었다.)

그녀의 종이에는 '대책 없이 혼란스러워요.'라고 적혀 있었다. 이제는 대책 없이 혼란스러운 사람이 두 명이었다. 우리 둘 중 누구도 이 만남에서 좋은 기분을 느끼지 못했다. 그녀의 냉소와 나의 순진함은 둘 사이를 멀어지게 할 뿐이었다. 여자가 정신이 어떻게 됐는지도 모른다고 생각했다. 하지만 그렇다고 뭐가 달라지는가? 내게 뭔가 할 수 있는 시간을 주지도 않고 그녀는 자기 물건을 집어 들고 사라져 버렸다. 길에는 나만 남았다.

그녀가 가지고 있던 그 종이를 나한테 넘겨주고 갔어야 하는데. 대책 없이 혼란스러워요. 내가 바로 그랬다.

4부

공공연히 도움을 요청하는 사람을 만나는 일은 결코 간단하지도, 쉽지도 않고 만난 후 기분이 썩 좋지도 않다. 짧게나마 도움을 청하는 사람들 가까이 가보려고 시도하고 나서 느낀 점은, 거리로 나갈 정도라면 정말 절실하게 도움이 필요하다는 것이었다.

그들에 대한 평가를 내리는 것은 내 일이 아니다. 내가 할 일은 나를 평가하는 것이다.

그들에게 무엇인가를 준다면, 도움을 받을 자격이 없는 사람에게 주게 될 수 있다. 그럴 확률은 있지만 최소한 진짜로 도움이 필요한 사람을 놓치지는 않을 것이다.

나는 더 할 수 있다. 그렇다. 하느님과 정부도 더 할 수 있다. 사회도 더 할 수 있다. 그렇다. 그러는 중에도 나는 필요한 것보다 더 많이 가진 채 그 사거리를 지나고 그들은 거기서 도움을 청하고 있다. 어떻게 하든 결국 나는 아무것도 해결되지 않은 기분을 느끼며 돌아설 것이다.

내 문제는 바로 그것인 것 같다. 무엇인가를 '해결'하려는 것. 좋은 일을 하며 항상 좋은 기분을 느끼고 싶어 하는 것. 당장 쓸 붕대 하나만 있으면 되는데, 영구적인 외과적 해결을 바라는 것. 작은 친절로도 족한데 큰 생각을 하는 것. 현실은 깔끔하지 않은 '아마'라는 대답밖에 가능하지 않은데 '예.' 혹은 '아니오.'라는 최종 대답을 듣고 싶어 하는 것.

못 본 체하고 지나쳐서는 안 된다. 나는 그렇게 하지도 못한다. 심장에서 피가 흘러도 심장이 없는 것보다는 낫지 않겠는가.

아침 식사

소금의 주성분은 염화나트륨이다. 나트륨 원자 하나와 염소 원자 하나로 이루어져 있으며, 염화수소산과 수산화물 간의 반응으로 생기는 산물이다.(과학, 고맙네.)

가게에서 파는 소금은 내용은 같고 크기와 순도와 첨가물만 약간 다르다. 간단히 말해서 모두 바다 소금이다. 먼 옛날 바다였던 땅에서 캐낸 소금이거나 염전에서 모은 소금, 둘 중 하나이다. 색과 향기는 소금 안에 무엇이 남아 있는지에 따라서, 즉 흙과 해초와 광물의 잔여물에 따라서 약간씩 다르다.

그러나 화학적으로 말하면 소금은 소금이다.

그렇다면 내 부엌에 왜 그렇게 많은 종류의 소금이 있는지 궁금할 것이다. 코셔(유대인들이 자신들의 율법에 따라 처리한 음식에 붙이는 표시) 소금, 프랑스 카마르그 지역의 플뢰르 드 셀 소금, 인도의 검은 소금, 유타주의 화석 소금, 하와이의 분홍 소금. 나는 소금에 끌리는 사람이다.

왜? 대답은 시, 낭만, 정신적인 여행이 함께하기 때문이다.

오늘 아침 식사만 해도 스크램블드에그에 지중해의 바다 소금을 한 숟가락 쳐서 먹었다. 그러다 보니 에그모르트의 프랑스 타운에서 매년 열리는 집시 축제를 보러 간 생각이 났다. 근처에 소금을 말리는 곳이 있었다.

똑같은 이유에서 나는 갈색 달걀을 먹는다. 갈색 달걀이 하얀색 달걀과 안이 다를 뿐만 아니라 아름답기 때문이다. 원두커피는 에티오피아산이다. 커피를 타는 물은 빙하 녹은 물인 프랑스산 에비앙이다. 커피에 넣는 크림은 북서 태평양의 스캐짓 강 계곡에서 자라는 젖소에서 나왔다. 주스는 일본의 귤로 만든 것이다. 버터는 아일랜드산, 레몬 잼은 스페인산. 그리고 그리스산 메타크사 브랜디를 한 잔 마신다.(크레타 친구들이 피에 좋다고 했다.)

나는 오늘 아침에도 식탁에 앉아 세계를 여행했다. 또 다른 하루를 살기 위해 일어날 때, 내 마음은 수평선 저 멀리에 있다.

물론 이 재료들은 약간 비싸다. 그러나 나가서 아침을 사 먹는 것보다는 싸다. 무엇보다도 부슬부슬 비 오는 날 아침, 마음과 몸과 영혼 속에 절여 둔 추억을 곱씹으며 아늑한 분위기에서 하루를 시작할 수 있다.

양말이 준 깨달음

양말 한 짝이 없어졌을 때,

“세탁기가 한 짝을 꿀꺽해 버렸어.” 우리는 이렇게 말한다.

혹은 “건조기 안에 블랙홀이 있는 모양이야.”

혹은 “양말 한 짝이 밤사이 도망가 버렸어.”

이 사태를 다르게 보는 관점도 있다.

한 친구가 우리 집에 묵는 동안 건조기에서 빨래를 꺼내 개 주었다. 그러다가 양말이 한 짝만 남아 있는 것을 보고 이렇게 소리쳤다.

“친구! 자네 건조기가 양말 한 짝을 만들어 냈네. 한 짝만 더 만들면 새 양말 한 켤레가 생기는 거야. 뒤처진 게 아니라 한 발 앞서 있는 거야!"

오호.

그렇다. 건조기의 이상 작동에 대한 새로운 관점이다.

나는 건조기가 얼른 하나 더 만들어 내기 바라며 매일 건조기를 바라본다.

갈색 양말 한 짝이 더 필요하다.

수달

수달들이 사라졌다. 좋은 소식이기도 하고 슬픈 소식이기도 하다.

자초지종은 이렇다. 나는 시애틀의 유니언 호숫가에 있는 선상가옥을 작업실로 쓰고 있다.(선상가옥이라 함은 커다란 삼나무로 만든 뗏목 위에 작은 오두막을 지어 놓은 것을 말한다.) 도시이기는 하지만 주변에는 흔한 오리, 거위, 철새들 외에도 너구리, 비버, 주머니쥐, 수달이 살고 있다.

사람도 살고 동물도 사는 이런 환경이 나는 좋다.

대개는 좋다.

수달은 수줍음을 많이 타서 사람 눈에 잘 띄지 않지만 윤이

나고 매끄러우며 우아하고 놀이를 즐길 줄 아는 동물이다. 그건 좋다. 하지만 똥을 너무 많이 눈다. 아주 많이. 그건 좋지 않다. 수달들의 화장실은 바로 내 선상가옥 아래다. 수달은 생선과 가재와 조개를 먹고 살기 때문에 배설물은 정말로 냄새가 심하다. 게다가 집 아래에서 단열재를 뜯어내고 그 속에 자기네 집을 짓는다. 여름이 되면 악취가 정말로 코를 찌른다.

그랬다. 그러니 수달들은 사라져야 했다. 먼저 나는 여러 가지 종류의 냄새를 가지고 시도했다. 코요테 오줌도 놓아 보았다. 수달들은 전혀 동요하지 않았다. 매일 아침 내 오줌을 받아서 수달 사는 곳에 놓아두면 수달이 사라진다는 말을 들었다. 별로 새겨듣지는 않았다.

그러나 절망적이 된 나는 그 방법도 시도해 보았다. 바다로 향해 나갈 때 가지고 가는 작은 변기를 장만해서 매일 오줌을 받아 수달 집에 갖다 놓았다. 수달들은 동요하지 않았다. 오히려 이웃 사람들이 달가워하지 않았다.

다음 방법은 고압 물총이었다. 그러나 카약 타는 사람들만 쫓아내는 결과를 가져왔을 뿐 수달들은 꿈쩍하지 않았다. 그 다음은 산 채로 잡는 덫을 시도해 보았다. 어리고 경험 없는 수달 세 마리가 걸려들었다. 그리고 작은 비버 한 마리도 잡혔다.(걱정할 필요 없다. 모두 시골로 보냈으니까.)

수달들 세상에 말이 퍼진 모양이었다. 어떤 미끼를 쓰든 그 다음부터는 한 마리도 덫에 걸리지 않았다. 똥은 점점 더 쌓여 갔다. 설상가상으로 겨울이 오면서 수달들은 집을 짓기 시작했다. 밤마다 집 단열재 속에 웅크리고 있는 소리가 들렸다. 행복한 소리였다. 웃음의 소리였다.

마침내 나는 달갑지 않지만 배 주변을 빙 돌아 수면 바로 위에다 두 줄의 전기 담장을 설치했다. 이 담장은 고양이들이 먹이를 찾아 헤매는 습관을 바꿔 놓았다.(고양이는 수영을 할 줄 안다. 알고 있었나?) 놀란 수달의 비명이 몇 번 들리더니 그 뒤로는 수달이 사라졌다.

승리는 나의 것!

약간은.

사실 나는 수달을 생각하면 기분이 좋지 않다.

무엇보다 수달은 영원히 사라진 것이 아니라 옆집으로 이사를 간 것뿐이었다. 수달은 오랫동안 이 주변에 살았기 때문에 옆집으로 가서도 잘 살 수 있었다. 틀림없이 잘 살 것이다. 승리감 대신 허전한 후회의 감정이 몰려들었다. 이긴 것이 아니다.

뭔가 사랑스러운 것이 내 삶에서 빠져나간 듯한 느낌이 들었다. 지난해 겨울 수달들이 눈 쌓인 땅을 가로지르며 달려가 미끄러지듯이 물속으로 첨벙 들어가던, 몇 번이고 그 놀이를 하던 모습이 떠올랐다. 재미있게 노는 중이었으리라.

지난봄에는 잠에서 깼더니 아침 이슬 속에 큰 동물과 작은 동물이 함께 지나간 흔적이 남아 있었다. 아마도 엄마 수달과 아기 수달이었으리라. 나는 또 수달 여러 마리가 물 위로 등만 내밀고 물속에 처박혀 가재를 먹던 모습도 기억한다. 아마도 수달식의 가족 소풍이었으리라. 자유로이 야생의 삶을 사는 동물을 가까이에 두는 것은 영광임에 틀림없다.

그런데 나는 그것을 문제라고 생각했다.

하지만 내가 그들의 문제였다.

그리고 내가 나의 문제였다.

어머니의 질문

시애틀에 있는 우리 집 맞은편에는 초등학교가 하나 있다. 학교 담이 높아서 안이 보이지는 않지만 안에서 대화하는 소리가 들릴 정도로 가깝다. 어느 날 아침 나는 뜰에 나가 있었는데, 그 시간이 마침 부모들이 아이를 학교에 데려다주는 시간이었다. 자동차 문이 열리는 소리가 나더니 곧 문을 쾅 닫는 소리가 들렸다. 그러고 또 다른 문이 열렸다. 엄마의 흥분한 목소리가 담장 너머까지 들려왔다.

"빌리, 너…… 도대체…… 너…… 무슨 짓을 한 거니?"

"아니, 저……." 뒷좌석에 앉은 빌리가 울먹이며 대꾸했다.

도대체 빌리가 무슨 짓을 한 것일까?

사과 주스 한 병을 통째로 쏟았거나 도시락을 파헤치며 과자를 찾느라 차 안에 음식을 흘렸을지도 모른다.

아니면 아침에 먹은 것을 죄다 토하는 바람에 옷이 젖어서 옷을 벗고 있었을 수도 있다. 피가 날 때까지 딱지를 떼고 있었을 수도 있다.

엄마가 앉은 운전석 뒷면에 플라스틱 포크로 자기 이름을 새기고 있었을지도 모르고, 차 안의 방석과 자기가 입은 옷에 엄마는 가지고 있는지도 모르는 빨간 매직펜으로 그림을 그리며 더럽히고 있었을지도 모른다.

나 역시 이런 자잘한 가족 코미디의 주역이었던 적이 있으므로 집에서 학교로 오는 짧은 시간 동안 아이가 위에 말한 모든 것을 다 했을 수 있다고 감히 말할 수도 있다.

나의 어머니 역시 내게 똑같은 질문을 하셨다. 그것도 자주. 그리고 나 역시 내 아이들에게 똑같은 질문을 했다. 내 아이들 역시 그들의 아이들에게 똑같은 질문을 하고 있다.

"너 도대체 무슨 짓을 한 거니?"

어머니들이 하는 첫 번째 위대한 질문이다.

그다음은 다소 신학적인 질문이 따른다.

“하느님 맙소사, 너 도대체 무슨 짓을 하는 거니?”

그다음 질문은 미래에 대한 것이다.

“너 이제 어떻게 할래?”

우리 아버지는 이 세 질문을 딱 한마디로 줄여 이렇게 말씀하셨다. 다만 어조는 확실히 바뀌었다.

“너 도대체!”

아이들은 이 질문에 적당한 대답이 없음을 알고 있다. 그래서 조금이라도 머리가 있는 아이면 그냥 가만히 있거나 “아무 짓도 안 했어요.”라고 중얼거린다. 아니면 훌쩍거리며 자신이 아무것도 모르는 무력한 존재임을 알리면서 동정심을 유발한다. “몰라요, (훌쩍) 몰라요…….(훌쩍)”

아이가 말하는 것은 진실이다. 대부분의 아이들은 자신이 무슨 짓을 하는지 혹은 왜 하는지 생각하지 않는다.

이것은 아이들만의 특권이다.

어린 시절을 보내고 아이를 기르는 시절 또한 다 보내고 나니 이제야 이 위대한 어머니들의 질문에 사실은 아주 심오한 뜻이 담겨 있음을 깨닫기 시작한다. 이것은 바로 삶에 대한 질문, 책임에 대한 질문이었던 것이다.

나는 큰 실수를 저지른 다음에는 나지막이 어머니와 아버지께서 하시던 질문을 중얼거린다. "도대체 내가 무슨 짓을 한 거지? 도대체!"

마음이 조용할 때 자신에게 이 질문을 던지면 아주 의미 있는 성찰의 기회가 된다. 생각을 하게 만들고 때로는 바른 길로 인도하기도 하기 때문이다.

이 책을 읽는 여러분 스스로에게 "너 도대체 뭘 하고 살았니?"라고 질문해 보라. '이제까지 산 세월이 얼마인데 지금 와서 뭐라고?' 하는 생각이 들 수도 있다. 그러나 우리는 언제나 내 삶의 질이 어떤지 그리고 내가 사회에 얼마나 기여하고 있는지에 대해 질문을 던져 볼 필요가 있다. 앞으로 어떻게 할지에 대해서는 생각하지 말고 우선 지금까지 해온 일만 생각하라. 지구의 시민으로서 살아온 나의 이력은 과연 어떤가?

두 번째 질문인 "하느님 맙소사, 내가 무슨 짓을 하는 거지?"는 나의 신조와 믿음을 기준으로 봤을 때 지금의 내 행동이 어떠한지를 묻는다.

그리고 마지막으로 "너 앞으로 어떻게 할래?"는 내 마음이 흐르지 않고 고여 있으며 낡아 빠진 개념으로 가득 찬 구덩이

인지 아니면 정신적으로 능동적이며 낡은 정보를 신선하고 나은 것으로 바꿀 수 있는 상태인지를 묻는다. 아직 생각하고 있는가, 아직 의문을 가지고 있는가, 아직 배우고 있는가?

어머니가 이 질문을 하셨을 때 나는 어머니가 미웠다.

그 경멸하는 듯한 어조가 내 어린 마음에 상처가 되었다.

그런데 지금 돌아보면 진짜로 싫었던 것은 어머니의 질문에 이렇다 할 대답을 할 수 없다는 사실을 스스로 잘 알고 있다는 것이었다. 그것은 친절한 학술 토론회에 초대하는 것이 아니었다. 어머니는 사실 질문을 한 것이 아니었다. 내가 낙오자에다 바보이고 골칫거리임을 간접적으로 선언했던 것이다.

어떤 때는 내가 정말 낙오자요 바보였다는 생각이 든다.

그러나 어머니 역시 그랬던 때가 있었을 것이다.

지금은 어머니에 대해 그때보다는 좋게 생각한다. 나 자신에 대해서도, 세 가지 질문에 대해서도 그때보다는 좋게 생각한다.

이런 생각을 하다 보니 힘이 나서 아이를 구박하는 엄마에게 진실을 알려 주고 싶다는 생각이 들었다. 그래서 학교 쪽으로 뛰어갔다. 아이는 가고 없었다. 아이의 어머니는 차에 앉아 두 손으로 운전대를 두드리고 눈물을 흘리며 뭐라고 중얼거리고 있었다.

나도 부모로서 그런 때가 있었다. 모르는 사람이 나타나 속타는 엄마에게 그 질문에 담긴 깊은 의미를 설명해 줄 시간은 아니었다.

또 다른 질문에 대답해야 하는 상황까지 가고 싶지 않았다.

"당신은 자신이 누구라고 생각하는가?"

이것은 정말로 중대한 질문이다. 그렇지 않은가?

이 질문에 어떻게 대답하는가에 따라 풍요로운 삶인지 아닌지가 결정된다.

나는 내가 누구라고 생각하나?

아무도 부정할 수 없는 진실은 사람은 고독 속에 왔다가 고독 속에 간다는 것이다. 우리는 다른 사람이 나를 어떻게 생각하는지 결코 알 수 없다. 어머니마저도 항상 진실을 말해 주지는 않는다. 그리고 세상은 내가 듣고 싶어 하는 것을 말해 줄 뿐, 내가 알아야 하는 것은 말해 주지 않는다.

결국 가장 중요한 점은 내가 자신을 어떻게 생각하는가이다. 아침에 일어나 화장실 거울에 비친 내 모습을 볼 때, 그때가 바로 재판이 열리는 시간이다. 나 자신이 판사이자 배심원이다.

"피고는 다음 질문에 답하시오.
도대체 무슨 짓을 했습니까?
하느님의 이름으로 지금 무슨 짓을 하고 있습니까?
앞으로 어떻게 할 작정입니까?
자신이 누구인지 안다면 그것도 말해 보시오."

고독에 대하여

소로의 말 중에 자주 인용되는 표현이 있다.

"매일 새로운 소식을 들으러 마을에 가는 사람은 오랫동안 자신에게서 들려오는 소리를 듣지 못한다."

대부분의 사람들이 고독을 피하려고 하므로 고독할 때가 별로 없다는 말처럼 들리지만 진실은 그 반대다. 대부분의 시간을 자신의 이야기만 듣는 데 보내는 사람은 마을로 내려가 다른 사람을 만날 필요가 있다. 소로우도 이 점을 알고 있었다. 그는 혼자 살았지만 아주 멀리 떠나지도, 아주 오래 혼자 있지도 않았다. 역사가들에 따르면, 소로우는 거의 매일 3킬로미터를 걸어 콩코드에 갔다 왔고 자신을 찾는 방문객들 또한 환영

했다. 그는 외로웠기에 마침내 다시 도시로 돌아갔다.

고독은 우리 삶의 한 부분이다. 고독은 즐거울 때도 있지만 고통스러울 때도 있다. 특히 우울하거나 두렵거나 고민이 있거나 혼란스러울 때는 더욱 그렇다. 이럴 때 버림받은 것 같은 느낌을 느끼지 않을 사람은 없다.

혼자인 것에 대한 해결책은 고독한 시간을 더 늘리는 것이 아니라 사람들 사이에 있는 것이다. 이렇게 하면 피할 수 없는 고독도 이로운 것이 된다.

의미 있는 고독은 사실 멀리 있지 않다. 혼자 숲 속에 들어가 살 필요는 없다. 전화, 텔레비전, 라디오를 끄고 신문과 이메일 등 다른 무엇에도 관심을 빼앗기지 않고 집 안에서 혼자 하루를 보내라. 그러면 자신의 소리가 들릴 것이다.

좋은 소리가 들릴 때도 있지만 항상 그렇지는 않다. 고독이 축복을 보증해 주는 것은 아니다. 머릿속에서 상반되는 의견이 서로 싸운다. 혼자 있어도 머릿속에서는 싸움이 계속되고 있어 잠을 자든 깨어 있든 평온하지 않다면 혼자 있다고 해도 진짜 혼자는 아니다.

"누가 이 아우성을 만들어 낼까?" 잘 모르겠다.

혼자 있는 것이 진짜 혼자가 아닌 때가 또 있다.

예를 들어 나는 오늘 아침 한 시간 동안 산책을 하면서 혼자 있는 사람이 몇 명인지 세어 보았다. 일흔세 명이었다. 새로운 것이 있는지 둘러보는 사람, 생각하는 사람, 자신의 목소리를 듣는 사람, 달리기하는 사람, 개와 산책하는 사람, 차를 닦는 사람, 버스를 기다리는 사람들도 있었다. 어떤 사람들은 꽃에 물을 주거나 정원 손질을 하면서 자신의 내면에서 일어나는 일에 푹 빠져 있었다. 우리는 미소를 건네고 고개를 끄덕이며 서로를 보았음을 표시했다. 때로는 그것만으로 충분하다.

고독은 외로움과 똑같은 것이 아니다.

고독은 사람들로 가득 찬 바다에 떠다니는 배 한 척과 같다. 서로의 고독을 존중해 주는 것이 사회적으로 꼭 필요하다.

소로가 『월든』을 출판한 이유는 바로 그 때문이다. 고독을 초월하기 위해서, 혼자 있지만 외롭지 않기 위해서다. 그는 자신의 생각을 혼자만 간직하지 않았다. 글로 쓰고 책으로 내서 다른 사람들이 읽게 했다.

내가 이 책을 쓰는 이유도 바로 그것이다. 나의 삶이라는 작은 배를 여러분과 이야기할 수 있는 거리로 몰고 가는 한 방법이 바로 이 책이다.

여러분, 잘 지내시지요?

Part 2

지금이라는 시간이 당신이 가진 모든 것

교차로 II

유타주에 위치한 모아브는 미국 중서부의 작은 도시로 애리조나주, 뉴멕시코주, 콜로라도주, 유타주가 만나는 접점에 있다. 이 도시는 레드록 협곡, 사막 고원, 거친 물살의 강, 눈 덮인 산, 광활한 평원 가운데 있는 초록색 오아시스 마을이다. 땅의 대부분은 공공용지로 국립공원이나 주에서 관리하는 숲이다. 물이 귀하다. 여름에는 덥고 바람이 불고, 겨울에는 춥고 바람이 불며 일 년 내내 건조하다. 사람은 많지 않다. 여기 사는 사람들 대부분은 나바호 인디언, 히스패닉, 모르몬교도, 카우보이, 콩 농사꾼, 목장 일꾼, 광산 노동자, 화석 사냥꾼들이다. 옛날에는 그랬다.

그 후 1970년 대 초반 아웃도어 바람이 불면서 산악인, 강을 따라 여행하는 사람, 지프 동호인, 자전거 여행가, 암벽 등반가, 배낭 여행가, 사냥꾼이 이곳을 발견했고 나중에는 평범한 여행객들까지 오게 되었다. 이들은 인적 없는 이곳을 구경하고 잠시 머무르기도 했다.

나도 그런 사람들 중 하나였다. 30년 전에.

봄과 여름이면 모아브 시내와 주변 시골은 사람들로 넘쳐난다.

그러나 미루나무가 노란색으로 변하고 산에 첫눈이 내리는 가을이 되면 여행객들은 대부분 이곳을 떠난다. 그리고 겨울이면 다시 조용해진다. 문을 닫는 가게와 식당과 모텔이 생긴다. 겨울밤 새벽 세 시에 모아브 시내를 지나가면, 아마 사람이 살지 않는 버려진 도시같이 보일 것이다.

몇 해 동안 나는 조용한 계절이 되면 이곳을 찾곤 했다. 시내에서 32킬로미터 떨어진 산속 계곡에 작은 집 겸 작업실을 만들었다. 도시 생활을 떠나 나 자신을 만나기 위해, 입을 다물고 영혼을 열기 위해, 문명의 소음으로부터 자유로운 시간을 가지기 위해 나는 이곳에 온다.

그리고 최소한 일주일에 한 번은 필요한 물품을 사러 시내에 간다. 그때마다 놀란다. 문명이 스며들고 있다. 모아브가 문화의 블랙홀이었던 때가 있었는데, 지금은 전 세계 사람들과 그들의 다채로운 풍습이 눈에 띈다. 심지어 조용한 계절에도. 그래서 시내에 나갔다 올 때는 물건뿐만 아니라 그 이상의 것을 가지고 온다.

시내 소식

계곡 건너편에 사는 이웃 사람이 커피 한잔 하러 와서 "뭐 새로운 일 있나요?" 하고 묻는다면 어제 시내에 나갔다 왔다고 대답할 것이다. 그가 "그래 어떻던가요?" 하고 물으면 내가 본 것을 말해 줄 것이다. 시내 소식을.

시장에서는 이런 소리가 스피커로 흘러나왔다. "식품 코너에 신선한 초밥이 준비되어 있습니다." 초밥이라고? 그렇지. 틀림없이 냉동 초밥일 거야. 일본산이 아니라 중국 상하이에서 만든 거겠지. 아니었다. 젊은 인디언 여성 루시가 즉석에서 연어 초밥을 만들고 있었다. 일본인 방문객 세 명은 놀란 얼굴로 루시를 쳐다보았다. 루시는 엘버커키에서 멕시코 남자한테 초밥 만드는 법을 배웠다고 한다.

조금 더 들어가니 오늘의 특별 상품으로 물을 팔고 있었다. 1600킬로미터 넘게 떨어져 있는 태평양 한가운데 피지 섬에서 온 물이었다. 물론 몇 병을 샀다. 이 커피도 피지에서 온 물로 만들었다고 자랑한다. 보너스도 있다. 빈 병을 귀에 대면 대양의 소리와 암초 위로 밀려드는 파도 소리가 들린다.

시내로 가는 길에 자선 행사로 80킬로미터 자전거 여행을 하는 이들을 만났다. 라살산으로 가는 길이었다. 모두 꽉 끼는 옷을 입고 있었다. 팽팽한 몸, 꽉 끼는 옷. 속옷을 많이 입은 사람은 아무도 없었다. 섹시했다. 여기 살던 인디언들도 옷차림에서는 이들을 이길 수 없을 것이다.

첫 번째 휴게 지점에서 자전거 행렬은 모아브 여자들의 북소리 속에 열띤 환호를 받았다.(물론 시장에서 산 신선한 초밥으로 기운을 보충했다.)

시내에서 집으로 오는 길에 로데오 경기장에서 열리는 보석과 광물 전시회에 잠깐 들렀다. 매년 열리는 행사였다. 문화

집단의 행사는 늘 나를 매혹시킨다. 여기 모인 사람들은 화석과 바위를 화두로 삼고 사는 사람들이다. 한 남자는 파충류 분석을 팔고 있었다. 진품이 틀림없다고 맹세했다. 1억 5000만 년 전에 살던 거북이 똥 화석이라. 그래, 그가 어떻게 알겠는가? 하지만 나는 가지고 있지 않으니 그의 말을 진심이라 믿고 하나 샀다. 여러분은 이제 어디 가서 파충류 똥 화석을 가진 사람을 안다고 말해도 된다. 다음 건강 검진 때 대변 샘플로 가지고 가면 어떨까.

어떤 젊은이는 돌을 세게 치며 돌과 흑요석으로 화살과 창살 만드는 법을 보여 줬다. 현지 인디언들보다 솜씨가 좋았다. 박물관에나 있을 법한 품질의 돌화살촉도 만들었다. 자기가 돌로 덴마크식 무기를 만드는 장면을 담은 비디오도 팔았다. 옆에는 단검 하나가 전시되어 있었다. 바이킹들이 이 단검을 허리에 차고 다녔으리라.

나는 계보학자들에게서 우리 가족이 18세기에 덴마크에서 왔다는 말을 들었다. 그래서 그 단검에 끌렸다. 내 유전자 속의 무엇인가를 건드렸음에 틀림없다. 그날 오후 약탈하러 가는 상상을 했다.

팸플릿을 보니 다음 주에는 이곳 로데오 경기장에서 여자들의 경마 시합이 열린다고 했다. 208리터짜리 드럼통을 도는 배럴 경주였다. 그리고 외발 자전거를 타고 전국을 횡단하는 사람들이 시내에 온단다. 마술사 모임도 열린단다. 문신과 피어싱 하는 사람들도 와서 전시회를 연단다. 토요일 밤에는 멀리 체코에서 온 컨트리 음악 밴드가 스타 홀에서 공연을 한단다.

다음에 또 어떤 일이 있을지 누가 알겠는가?

이상이 "그래 어떻던가요?"라는 질문에 대한 내 대답이다. 앞서 말했듯이, 멀리 동남부의 유타에 온 것은 여기가 조용하고 세상에서 멀리 떨어져 있기 때문이었다.

이제는 여기가 세상이다.

멀지도 않다.

천둥 번개와 비바람이 그치고 맑게 갠 어느 늦은 밤, 계곡 아래 목장에서 파티가 끝나는 소리가 들렸다. 어떤 사람이 소리쳤다. "오, 하느님 어디에 계신가요?" 그러자 다른 목소리가 대답했다. "가고 있노라."

당신은 어떤가? 새로운 소식이 있는가?

진짜 카우보이

우리 가족은 4대째 카우보이 가문이다.

나는 텍사스에서 자랐기 때문에 거기 사람들이 흔히 말하듯 내 핏속에는 '카우보이'가 흐르고 있다. 젊었을 때는 7년 동안 여름 내내 목장에서 일했고 로데오에 나간 적도 있다. 지금도 지하실에는 카우보이 장비가 있다. 커다란 검은 모자, 낡은 청바지, 청바지 위에 덧입는 가죽 바지, 닳디 닳은 부츠, 녹이 슨 박차, 길이 잘 든 안장, 소를 탈 때 쓰는 장비까지. 나는 아직도 가끔 카우보이처럼 차려입고 말을 탄다.

감상적인 즐거움이다. 아무도 속지 않는다. 나는 진짜가 아니다.

얼마 전 시내에 다녀오는 길에 진짜 카우보이를 만났다. 땅딸막한 소 떼를 모는 중이었다. 태양의 각도는 봄이 머지않았다고 말하지만, 철사처럼 날카로운 바람은 겨울이 아직 끝나지 않았다고 우기고 있었다. 카우보이는 진흙이 튀어 더럽게 덕지덕지 붙은 갈색 말 위에서 안장 깊숙이 쭈그리고 앉아 있었다.

더러운 오리털 파카에 달린 모자를 덮어 쓰고, 그 아래에는 빨간 체크무늬 야구 모자를 받쳐 썼다. 귀마개도 했는데, 턱 아래에서 질끈 묶여 있었다. 오리털 파카 밑에는 남루한 군복 스웨터와 색이 바랜 갈색 멜빵 작업복이 보였다. 가죽 바지는 없었다. 박차도 없었다. 어차피 퇴비와 진흙으로 뒤범벅된 고무장화에는 박차가 어울리지 않는다.

햇볕에 탄 코에는 여기저기 긁힌 선글라스가 걸려 있고, 짧은 수염이 있는 턱에는 갈색 얼룩이 덕지덕지 묻어 있었다. 담배를 못 피울 정도로 바람이 심해서 담배꽁초를 입에 넣고 씹다가 흘린 물이었다.

존 웨인이 아니었다. 카우보이라기보다는 난민 같아 보였다. 담배 광고에 이 사람이 나온다면 담배를 끊는 사람이 많아지리라.

나는 걸음을 멈추고 말을 건넸다.

"소 떼를 몰고 어디 가시는 건가요?"

"마이애미 해변으로 갑니다."

"너무 오래 걸리지 않을까요?"

"그렇겠죠. 하지만 소한테 시간이란 게 뭐 의미가 있나요?"

우리는 웃었다. 많이는 아니었다. 오래된 농담이었다.

"카우보이를 하니까 행복하실 거라고 생각했는데요."

"미쳤어요? 카우보이 일은 매년 나빠져요. 소고기 가격은 내려가고 사료 값은 올라가고. 그리고 광우병 하면 말 다 했죠. 소고기 먹어서 광우병 안 걸려요. 소에 관련된 일을 하는 사람이나 걸리죠. 소를 기르거나 팔거나 먹기만 해도 요즘은 무슨 악마인 양 쳐다보죠. 한번은 누가 제 트럭에 '소고기 먹고 죽어라.'는 스티커를 붙여 놨습니다. 그래서 그 위에다 '소를 살리고 채식주의자를 먹어라.'는 스티커를 붙여 버렸지요."

"매력도 없고 로맨스도 없단 말이죠?"

"전혀 없어요. 귀찮고 어렵고 돈도 못 벌어요. 바보들이나 이런 일 할 거예요."

"그런데 왜 이 일을 계속하세요?"

"바보라서 그렇죠!" 그는 이렇게 말하면서 소 떼와 함께 사라졌다.

그는 아직은 진짜 카우보이다. 그러나 머지않아 아닐 것 같다. 며칠 후 시내 커피숍에서 봤는데, 다른 것을 타고 싶다고 했다. 갑자기 껑충 뛰어오르지 않는 것, 먹이를 먹이지 않아도 되는 것. 그는 오토바이를 타고 싶었다. 할리데이비슨 오토바이. 검은 가죽 잠바를 입고 고속도로에서 바람을 가르며 오토바이를 타는 멋쟁이 폭주족처럼 되고 싶었다. 카우보이는 집어치우고!

아직까지 말을 진지하게 생각하는 사람은 주말에 실내 로데오를 즐기는 사람들뿐이다. 밧줄로 송아지 묶는 시합과 두 사람이 함께 황소를 묶는 시합을 한다. 이들은 하고 싶어서 한다. 대부분은 카우보이가 되고 싶어 하는 공사장 인부, 타조 농장 노동자, 자동차 외판원, 배관공, 은행원들이다. 이들은 야구 모자를 쓰고 조깅용으로 나온 굽이 낮고 앞이 둥글며 끈을 묶는 운동화를 신는다. 그리고 매일 목욕을 한다. 카우보이? 목장 위의 집? 먼 이야기다.

가끔 시내에 가면 진짜 카우보이같이 입었다고 자신하는

사람들을 본다. 팔자수염, 깨끗이 면도한 턱, 달콤한 냄새. 굽 높은 뾰족한 뱀가죽 부츠를 신고 꽉 끼는 청바지에 커피 잔 받침만 한 버클이 있는 허리띠를 하고 초록색과 검은색 줄무늬의 실크 셔츠에 술이 달린 재킷을 입고 커다란 흰색 카우보이 모자를 쓴 사람들이다. 카우보이일까? 아니다. 전국을 오가는 트럭 운전사 아니면 독일인 관광객일 것이다.

검은 머리의 가무잡잡한 남자가 검은색 카우보이모자를 쓰고 흰 셔츠에 청바지를 입고 터키석과 은장식의 버클을 하고 검은 카우보이 부츠를 신고 있다면, 그 역시 카우보이는 아니다. 인디언이다. 카우보이 차림이 지금은 인디언들이 가장 널리 입는 옷차림이 되었다. 이럴 수가!

패션에 대한 마지막 단상. 카우보이와 인디언 아이들은 옷차림이 같다. 농구화, 헐렁한 바지, 큰 티셔츠, 야구 모자를 뒤로 돌려서 쓰는 것까지. 이들은 카우보이나 인디언이고 싶어 하지 않는다. 흑인 불량소년처럼 보이고 싶어 한다. 아마도 이것이 사회적인 진보이리라. 통합의 표시니까.

진짜 카우보이와 가장 거리가 먼 옷차림은 모아브의 서부 스타일 옷 가게에 있다. 나는 검은색 흰색이 같이 있는 가죽 잠바를 입어 보았다. 가죽 잠바에는 은장식과 뼈로 만든 구슬과 1.5미터나 되는 가죽 술이 달려 있었다. 잠바 뒤에는 글씨가 수놓아져 있었다. '나쁜 악당들.' 그것은 카우보이, 인디언, 오토바이 폭주족을 합친 것으로서 남자다움의 극치였다. 이곳에서는 거들먹거리며 걷는 사람들이 입는 옷이라는 뜻에서 '수탉 옷'이라고 한다. 진정 남자다운 옷.(이건 좋다.) 1000달러만 내면 그 옷을 입고 가게 밖으로 나갈 수도 있다.(이건 별로다.) 물론 나는 입어 보았다. 남자니까. 하지만 거들먹거리며 걷는 것은 내 스타일이 아니다.

카우보이 친구가 돈을 모아 할리데이비슨 오토바이를 산 다음 입고 싶어 하는 옷이 바로 이것이다. 아이러니하게도 내가 아는 유일한 진짜 카우보이는 말이 아니라 오토바이를 타고 싶어 하고 할리우드의 인디언 폭주족처럼 입고 싶어 한다.

그렇다고 해가 될 것은 없다고 생각한다. 삶은 옷의 파티다. 우리의 진짜 모습에는 우리가 되고 싶어 하는 그 사람이 녹아 있다. 그렇다면 그 사람처럼 옷을 입을 권리도 있다.

물에 대해서

헤매는 손님의 베개에 올려놓은 시

이 글을 읽는 이유가

무엇인가를

찾고 있기 때문인가?

의지할 것을?

오늘을 위한 부적을?

이 글을 읽는 것이

9월의 메마른 강바닥을

걷는 일과 같은가?

주머니에 넣을 무엇인가를 찾으면서.

집으로 가져갈 기념품 같은 것.

기억의 불을 피우며.

8월의 강물이 가져와 윤을 내고

잘 씻어서 이제야 내놓은 무엇인가를 찾아서.

매끄러운 돌, 모래 묻은 나뭇가지,

깃털, 뼈, 씨앗

그리고 고여 있는 존재를 부술

소리 없는 소리들.

이 시의 메마른 바닥을 걷는 이유가

그런 것을 찾고 있기 때문인가?

간직하고 지킬 무엇인가를.

멈춰라.

돌아가라.

마음속에 커다란 폭풍우가 칠 때까지 기다려라.

강물이 흘러갈 때 여기에 있어라.

갈 수 있는 데까지 물속 깊이 들어가 서 있어라.

물의 영향을 받지 않게 될 때,

그때야말로 진정 헤맨 것이다.

기다려라.

거기 있어라.

물이 하는 일을 알 때까지.

자리를 지켜라.

발견하는 사람이 임자이다.

버밍햄으로 가는 기차

일요일 아침 모아브의 도로변 간이식당. 벽에 걸린 시계가 거꾸로 가고, 종업원들은 손님을 친구 대하듯 하고, 달걀, 베이컨, 감자, 토스트가 빨리 나오는 곳이다.

남자 네 명이 옆자리에 앉아 있었다. 모두 덩치가 크고 사냥용 옷을 입었다. 얼굴이 닮았기에 친척이냐고 물어보았다. 그렇단다. 네 세대가 모였다. 아들은 열일곱 살, 아버지는 서른여덟 살, 할아버지는 쉰여덟 살, 증조할아버지는 여든 살. 떠들썩하고 쾌활했다.

그들은 아침을 먹으며 이런저런 이야기를 나누고 많이 웃었다.

엘크 사냥을 하러 간다고 했다. 동물을 죽이러 간다기보다는 산속에서 텐트를 치고 일주일을 보내러 가는 것이다. 미루나무가 노란색으로 변하는 것을 보고 첫눈을 맞으며 걷고 엘크가 우는 소리를 듣고 밤이면 불을 피우고 둘러앉으러. 무엇보다도 그냥 같이 있기 위해서.

복 받은 남자들, 그들이 부러웠다.

존 하워드라는 남자가 생각났다. 그는 앨라배마에 있는 머슬 숄스에 살았다. 미국의 북서쪽, 테네시강 상류에 있는 작은 마을이다. 그는 남북 전쟁이 끝난 후 19세기 말에 미국에 왔다는데, 영국의 하워드 집안 출신이라고 했다. 1483년 존 하워드라는 사람에게 영국에서 가장 오래된 공작 작위인 노퍽 공작의 직함이 수여된 후 하워드 집안은 오늘날까지도 공작 작위를 가지고 있었다. 엘리자베스 1세 여왕의 어머니인 앤 불린과 캐서린 하워드 모두 하워드 집안의 자손이다. 두 사람 다 사랑하는 사람이었던 좌절한 남편 헨리 8세에게 참수형을 당했다.

앨라배마의 머슬 숄스에 사는 존 하워드는 약사였고 결혼하여 두 아들과 세 딸이 있었다. 그런데 불행했나 보다. 어느 날 더 이상 견딜 수 없을 만큼 짐이 무겁게 느껴졌다.

그는 평소처럼 옷을 차려입고 가게로 나가 현금 금고를 털어 기차역으로 갔다. 보조 약사가 함께 있었다. 젊은 여자였다. 목격자들은 하워드도 같이 간 여자도 여행 가방을 들고 있지 않았다고 했다. 즉석에서 내린 결정임에 틀림없었다. 대책 없이 비참한 상황에 처했을 때 우리 모두 생각해 보는 그 행동을 그는 실행한 것이다. 그냥 일어나서 가버리는 것. 사라지는 것.

이 존 하워드가 나의 외할아버지다. 나는 어른이 되기 전까지 할아버지가 죽었다고 생각했다. 주위 사람들이 그렇게 생각하도록 만들었다. 그러나 어머니, 할머니, 이모, 삼촌, 사촌도 할아버지에 대해 전혀 말을 하지 않는 것이 이상하다고 생각하기는 했다.

추억도 없었다.

사진도 없었다.

마침내 어느 날 한 이모가 위스키를 너무 많이 마셔 혀가 느슨해지자 사실을 털어놓았다. 사실을 털어놓았다기보다는 최소한의 이야기를 했다고 해야 맞을 것이다. "버밍햄으로 가는 아침 기차를 타더니 그 망할 놈, 다시는 돌아오지 않았지."

그는 어떻게 되었을까? 아무도 모른다.

그가 말하는 그의 이야기는 어떨까? 아무도 모른다.

할아버지가 버밍햄으로 가는 기차에서 무슨 생각을 했을지 궁금하다.

달아나는 것이 불행한 결혼 생활을 해결하기 위한 방법으로 헨리 8세의 살인보다는 낫다고 생각했던 모양이다. 도망감으로써 잃어버리는 것들에 대해서도 생각해 봤을지 궁금하다. 나 같은 사람에 대해 생각해 봤을지도 궁금하다. 손자에 대해 말이다. 어느 가을날 일요일 아침, 모아브의 도로변 간이식당에 앉아 할아버지가 있었으면 하는 손자에 대해.

옆자리에 앉았던 남자들이 자리에서 일어났다. 종업원과 농담을 하며 팁도 듬뿍 주었다. 나는 그들이 큰 트럭에 차례차례 올라탄 후 고속도로를 향해 가는 모습을 지켜보았다. 얼마나 그들과 같이 가고 싶던지.

나는 머슬 숄스의 존 하워드를 생각했다.

그가 그 열차를 놓쳤다면, 오늘 아침 여기 있을 수도 있었다. 그러면 그와 함께 버밍햄에서 아주 멀리 떨어진 산으로 여행을 갔을 텐데.

파리의 죽음을 명상함

갑자기 봄 날씨가 되자 집 안에서 잠자던 곤충들이 깨어나기 시작했다. 봄을 맞아 아이들이 학교 운동장으로 쏟아져 나오듯, 내 서재 안 어두컴컴한 구석에 있던 알들이 갑자기 작은 거미로 변해 바닥을 기어 다니고 작은 날벌레로 변해 벽 위를 돌아다녔다. 벌레를 죽일 이유는 전혀 없다. 경험을 통해 나는 인내심을 배웠다. 어차피 아기 벌레들은 몇 시간 후면 아기 도마뱀의 점심거리가 될 것이다.

집 안에 사는 파리 위원회는 젊은 파리를 한 방에 한 마리씩 분산 배치하기로 했나 보다. 비행 면허를 받은 지 얼마 안 되는 젊은 파리들은 광적인 속도로 날아다녔다. 여기저기 윙

윙 날아다니고 천장에서 착륙하는 연습을 하고 깨끗한 유리창에 부딪치기도 하고 곡예를 부리듯 공중에서 빙빙 돌기도 했다. 젊은 파리들은 파리채로 잡을 만한 시간을 주지 않았다.

지난겨울 죽지 않고 살아남은 파리도 몇 마리 있다. 지금 뚱뚱하고 늙은 파리 한 마리가 이틀째 내 책상 위에서 생애 마지막 시간을 보내는 중이다. 이제 그의 공중 모험은 끝난 것 같다. 늙은 파리는 천천히 책상 한쪽 끝에서 다른 쪽 끝으로 걸어갔다. 가장자리에 이르러 잠시 쉬더니 다시 원래 있던 곳으로, 거기에서 또 다른 쪽으로 걸어갔다. 파리는 나를 방해하지 않는다. 나 또한 파리를 방해하지 않는다. 공중을 나는 본능, 의지 혹은 능력을 잃어버린 것이 지금 그에게는 이점으로 작용하고 있다. 파리가 들어오지 말아야 할 공간으로 들어오지만 않는다면, 나는 괜찮다.

한번은 그 파리가 커다란 노란색 파리채 위에 자발적으로 올라서더니 파리채 위를 걸어 다녔다. 파리채 끝부분에서 넘어지는가 싶더니 다시 일어나 걸어 다녔다. 두려움은 없었다. 위엄 있고 노쇠했다.

오늘 아침 파리는 아직 살아 있다. 그러나 움직임이 아주 느렸다. 한 번에 1 내지 2센티미터 정도밖에 못 움직였다. 지금은 나와 컴퓨터 모니터 사이에서 쉬면서 두 앞발에 머리를 대고 비비고 있다. 아마 책상 저쪽 끝까지 거리가 얼마인지 생각하는 것이리라. 파리는 한숨을 쉬고 타박타박 걸었다.

파리가 걱정된다.

사막 같은 딱딱한 갈색 책상 위에 늙은 파리가 먹거나 마실 무엇이 있으랴? 책상 가장자리에 가서 바닥으로 떨어져 목을 다치지나 않을까? 아니면 타일 바닥에 떨어지기 전에 마지막으로 절망적인 날갯짓을 하며 날아오를까? 이 파리의 자식들은 그가 여기 있다는 사실을 알까, 신경을 쓰고 있을까? 자신의 운명을 좌지우지할 수 있는 내가 보일까? 무서울까? 도마뱀이 와서 잡아먹기를 기다리는 걸까? 아니면 잡아먹히기에는 너무 질기고 단단하다는 것을 알고 마음 놓고 있을까?

나는 내 눈 앞에서 느릿느릿 기어 다니는 그를 못 본 척할 수가 없다.

책상에서 밀어 떨어뜨릴 수도 없다. 너무 잔인하다.

파리채로 잡아 죽일 수도 없다. 너무 쉽다.

그래서 나는 파리 위에 병을 올려놓고 유리를 통해 자세히 들여다보았다. 이제까지 관찰해 본 곤충들과는 달리 이 파리는 전혀 동요하지 않았다. 급하게 움직이지도 않고 빠져나오려고 하지도 않았다. 천천히 두 손을 꼭 쥐기만 했다. 병을 없애자 파리는 다시 책상 가장자리로 위엄 있게 목표를 향해 천천히 걸어갔다. 자러 가려고 불을 끄기 바로 전에 다시 보니 파리는 제자리에서 빙빙 돌며 걷고 있었다. 천천히, 천천히, 천천히…….

오늘 아침 책상 위에 뒤집힌 채 누워 있는 파리를 발견했다. 죽어 있었다.

그의 위엄을 존중하는 마음에서 나는 파리를 묻어 주기로 했다. 밖으로 나가 막 밝은 빨간색 꽃을 피우고 있는 어느 잡초 아래 찻숟가락으로 작은 무덤을 파고 파리를 묻었다.

별것 아니지만 독특한 경험이었다. 파리 장례식을 치르기는 처음이었다. 나는 무엇이 나로 하여금 파리채를 휘두르지 않게 했는지 생각했다. 파리만 보면 자동적으로 파리채를 날리는데, 무엇이 죽이기 쉬운 그 늙은 파리의 생명을 지키고자 했을까? 마음 약한 어리석음이었을까 아니면 경험에서 오는 지혜였을까?

어려서부터 파리를 싫어하고 보기만 해도 죽이면서 자라왔는데, 내 속에 무엇이 들어와서 그랬을까? 간단히 말하면, 우리 둘은 그 방에 있던 유일한 생명체였다. 가능한 한 오래 살아 있으려고 발버둥치는. 파리 속에 있던 생명의 불꽃과 내 속에 있는 생명의 불꽃은 똑같은 것이었다. 우리는 연결되어 있었다. 살고, 살게 하고.

이제 이런 말이 이해가 된다.

"그 사람은 파리 한 마리 못 잡을 사람이야."

그럴 수 있다.

밤의 생각들

어젯밤 내 마음속에는 우주에 대한 생각이 떠올랐다. 나는 새벽 세 시에 밖에 나가 오래된 초록색 가운으로 몸을 감싸고 베란다에 앉아서 쌍안경으로 은하수를 바라보았다.

(그 늦은 시간에 깨서 별을 봤다니 놀라겠지만 놀랄 필요 없다. 그 놈의 숲쥐들이 ― 숲쥐에 대해서는 나중에 또 말하겠다. ― 침실 벽 안에서 파티를 열었다. 잠이 깬 김에 하늘이나 보자고 해서 나갔던 것이다.)

나는 '어둠의 지대'에 있다. 별을 보기 좋은 장소라는 뜻이다. 유타주 남동부는 문명의 불빛이 아주 적은 반면 우주의 빛은 가장 많이 볼 수 있는 곳이다.

간단히 말해 여기서는 별이 잘 보인다.

그것도 아주 많이. 많은 것보다 더 많이.

그래서 나는 천문학 잡지를 신청했고 읽을 때마다 놀란다. 예를 들어 "NGC 300 은하는 이전에 알았던 것보다 크다. 이렇게 생각하는 데는 두세 가지 요인이 있다."라고 한다. 망원경이 발달함에 따라 전에는 보지 못했던 것을 이제는 볼 수 있다. 이 은하에는 전에 생각했던 것보다 두 배나 많은 별이 있다. 더 많을 수도 있다.

"그래서 어쨌다고?"라고 묻는다면?

결론은 이렇다. 기사에 따르면 "우리 은하는 NGC 300 은하보다 훨씬 크고 밝다. 따라서 우리 은하도 생각했던 것보다 두 배가 클 것이다. 아마 한쪽 끝에서 다른 쪽 끝까지 20만 광년이 걸릴 것이다."

한번 생각해 보라.

우리 은하의 크기가 생각했던 것의 두 배라고.

이 뉴스는 일간 신문에는 나오지도 않았다.

이 정보에 담긴 의미가 무엇인지 나는 알 것 같다. 은하수를 쳐다보며 거대한 하늘의 강에 떠있는 수많은 별들을 본 다음

쌍안경으로 다시 보면 조금 전 육안으로는 볼 수 없었던 엄청나게 많은 별이 더 보인다. 좋은 장비만 있으면 우리 은하가 얼마나 큰지 알 수 있다. 장비가 발전하면(발전하리라는 것에는 의심의 여지가 없다.) 그때는 더 많은 것을 보게 되고 더 많은 것을 알게 되리라.

지적 설계론(우주와 우주 만물은 지적인 어떤 존재가 의도를 가지고 설계했다는 이론)에 따르면 창조는 너무나도 광범위하고 너무나도 복잡해서 어느 지점에 이르면 이해할 수가 없다. 바로 그 점이 우리를 넘어선 어떤 존재가 세계를 만들어 냈다는 증거라고 한다. 이것은 유람선 양옆에 붙어 사는 따개비는 결코 거대한 배의 정교함이나 목적을 이해할 수 없기 때문에 따개비를 만들어 붙이고 돌보는 따개비들의 신이 있어야 한다는 이야기와 같다.

나는 그렇게 생각하지 않는다.

아인슈타인이 통일장 이론(입자 사이에 작용하는 힘의 형태와 상호 관계를 하나의 통일된 이론으로 설명하고자 하는 이론)을 해결하는 데 실패하고 결국 우주는 이해 불가능한 것이라고 생각하며 죽었다는 글을 읽고, 이 문제는 내 목록에서 지워도 된다는 것을 깨달았다. 그리고 다시 내가 이해할 수 있는 것들에 집중하기로 했다.

모든 것을 다 알지 못한다고 해서 중요한 것을 모른다는 뜻은 아니다.

'불가지不可知'라는 말이 나쁜 말은 아니다.

도구와 지성의 한계는 도구와 지성에 한계가 있다는 것 이상의 증거는 되지 못한다. 따개비는 결코 거대한 유람선을 이해하지 못할 것이다. 이해할 수가 없다. 따개비는 우리들처럼 자기들끼리만 존재한다. 그러면서 우리들처럼 물속에 뛰어들고 꽉 잡고 하면서 때로는 힘들게 때로는 즐겁게 항해한다.

지난 한 시간 동안 내가 그랬던 것처럼.

반짝이는 것을 모으는 이유

우리 집 현관에는 쥐가 있다.

철사로 된 작은 우리, 즉 인간이 놓은 덫 속에.

이 동물은 크기가 다람쥐만 하고 털은 갈색이며 다크초콜릿 색깔의 눈에 꼬리는 길고 털이 많다.

좀 더 자세히 보여 주면 집에 놀러 온 옆집 여자 분들의 감탄에 맞장구를 칠 것이다.

"오오, 너무 귀여워요. 불쌍한 것. 이게 뭔가요?"

보고 싶은가? 기다려 보라. 우선 이 녀석의 이름을 말해 주겠다.

쥐. 붓꼬리숲쥐.

"그래요? 쥐라면……."

쥐는 경멸의 말이다. 쥐는 나쁘다.

이 글에서는 내 임시 포로를 '숲쥐 부인'이라 부르겠다.

숲쥐 부인의 친척 한 마리가 이번 겨울 내가 자리를 비운 사이 집으로 들어왔단다. 집 관리인은 덫을 놓았고 쥐를 잡았다. 그러나 이미 소가죽 카펫의 일부와 노루 가죽 신 한 켤레와 등산화 앞코를 먹어치우고 난 후였다. 그리고 거실 벽 속에 둥지를 만들고 그 속에 선인장 조각, 토끼털, 휴지 같은 것을 잔뜩 모아 놓았다.

봄이 되어 내가 돌아오자, 한밤중 깊디깊은 정적 속에 벽에서 갉아 먹는 소리가 들렸다. 그 소리를 듣고 알고 싶지 않던 사실을 알게 되었다. 이 집에 있는 숲쥐가 한 마리만이 아니라는 것을, 『서부에 사는 포유류 가이드』를 인용하자면 "숲쥐는 일 년에 한두 번, 두 마리 내지 여섯 마리 새끼를 낳는다."

내가 집에 있으니 숲쥐들은 불안한가 보다. 책에는 이렇게 씌어 있었다. "불안할 때는 발을 구르거나 바닥을 두드리는 소리를 낸다." 아하, 그래서 자정 무렵에 재즈 콘서트가 있었던 거구나.

디디 드럼 디디 드럼 사각사각 디디 드럼…….

책에는 숲쥐 가족은 둥지를 대대손손 몇 백 년 동안 사용하기도 한다고 씌어 있었다. 그래서 환경학자들에게 환경의 변화를 알려 주는 실마리를 준다고. 숲쥐는 무엇인가를 모으는 기묘한 습관이 있기 때문이다. 쇠똥, 뼈, 바위, 나뭇가지, 캔, 특히 둥지를 장식하기 위해 반짝이는 물건을 모은다. 그리고 가시 선인장을 둘러쳐서 모은 물건을 보호한다. 숲쥐 가족의 보안 경비 시스템인 셈이다. 침입자가 들어와 가족의 보물을 털어 가는 것이 싫은 것이다.

재미있다. 그러나 골칫거리다. 모두 잡아서 딴 데로 보내겠다. 그러나 그동안 '반짝이는 물건'을 가지고 좀 놀아 보는 것은 어떨까?

나는 호기심에 가득 차서 반짝이는 물건을 모아 현관 주위에 흩뜨려 놓았다. 껌 종이, 동전, 깨진 거울, 알루미늄 호일 조각, 나사못, 베어링, 맥주 캔의 손잡이 등등.

제일 먼저 가져간 것은 과일 맛이 나는 껌 종이였다. 숲쥐 남편이 보물을 들고 둥지로 돌아갔을 때 가족들은 이런 대화를 하지 않았을까 싶다.

"또 껌 종이야! 껌 종이는 이미 너무 많아. 집에서 과일 샐러드 냄새가 나."

"그래, 알았어. 그런데 저 바깥에는 반짝이는 게 노다지로 많아."

"좋아. 더 가져와 봐."

"거울 조각은 어때?"

"좋지."

거울 다음에 없어진 것은 나사못이었고 그다음 베어링, 맥주 캔 손잡이 순이었다. 준비해 놨던 반짝이는 물건들이 이틀 밤에 걸쳐 다 숲쥐 집으로 들어갔다. 전부 내 집의 벽 속에 들어가 있다.

반짝이는 물건이라니, 도대체 반짝이는 물건이 숲쥐라는 종족의 생존과 무슨 상관이 있는 것일까? 유전자 속에 무엇이 있기에 부드러운 털을 가진 이 작은 동물이 반짝이는 물건으로 집을 장식하는 것일까?

먹지도 못하고, 입지도 못하고, 팔지도 못하는데 말이다.

그런데 없으면 못 산다.

숲쥐를 만나고 한참 후에 비행기에서 야생 동물을 전문으로 연구하는 생물학자를 만났기에 이 이야기를 했다. 생물학자는 이렇게 말했다. "정말 그렇죠. 그건 결혼 선물이에요. 목적은 이성을 끌기 위한 거죠."

"결혼 선물이라고요? 정말요?"

"그럼요. 사실이에요. 그리고 정말 효과가 있는 것 같네요."

오늘 덫을 더 사러 시내에 나갔는데 일종의 깨달음 같은 것이 몰려왔다. 눈을 돌리는 곳마다 반짝이는 물건이 보였다. 반지, 시계, 목걸이, 귀걸이, 배꼽 장식, 버클, 머리핀. 금, 은, 백금, 다이아몬드, 라인석.

그리고 크롬. 아주 많은 크롬이 눈에 띄었다. 차, 오토바이, 덤프트럭, 자전거, 스쿠터, 지프차, 모래 위를 달리는 소형차, 바퀴가 열여덟 개 있는 대형 화물차까지. 남자들이 좋아하는 반짝이는 물건이다.

힙합 세대는 반짝이는 물건을 '블링블링'이라고 부른다. 몸에 반짝이는 것을 많이 걸치면 걸칠수록 좋다. 이성을 더 잘 끈다. 그리고 한 번에 다 걸칠 수 없으므로 집에 있는 서랍에 보관해 둔다.

먹지 못한다. 그러나 없으면 못 산다.

이 글을 쓰다가 잠시 멈추고 우리에 갇혀 있는 붓꼬리숲쥐를 본다. 쥐는 조용하다. 원래 야생 동물이기 때문에 밤에 깨어 있는데 지금은 낮인데도 깨어 있으니 졸릴 것이다. 이 글과 함께 자신의 이야기가 전 세계에 알려지건만 자신의 명성에 대해 전혀 모르고 있다. 껌 종이를 탐내지 않았더라면, 거울을 지나쳤더라면 지금쯤 집에서 침대에 누워 있을 텐데 하는 생각을 하지 않을까.

하지만 쥐는 가야 한다. 이렇게 같이 살 수는 없다. 한밤중에 바닥을 두드리고 갉아 먹는 것이 나를 미치게 한다. 벽을 치거나 소리를 질러도 쥐들의 연주는 멈추지 않는다.

나는 내가 가진 반짝이는 물건이 무엇이 있는지 조사해 보았다. 그러고 나니 숲쥐들과 친척 같은 느낌이 들었다. 지금으로부터 1000년 후 인류학자가 내 무덤을 파 보고 지금 나처럼 놀라지 않을까. "도대체 이 반짝이는 물건들은 어디에 쓰는 거야?"

오늘 오후 숲쥐 부인을 개울가에 풀어 주었다. 가족을 잡으면 같은 장소에 풀어 주고 공감하는 의미에서 주위에 반짝이는 물건들을 남겨 주겠다.

"야, 여기 껌 종이다!"

블링!

손님용 수건

날이 밝았다. 좋은 아침!

여기 당신을 위해 진한 녹색 수건을 준비해 놓았다.

먼 나라에서 오래전에 지은 실로 짠 수건.

나일강 삼각주의 이집트 목화로 천을 만들고

이스탄불에서 큰 통에 넣고 염색한 다음

넓은 바다와 들판을 지나 이곳으로 온 수건.

300미터 깊이의 1만 년이 넘는 지층에서 나온 물로 빤 뒤

어제 오후 2100미터의 높은 사막 공기 속에서

햇빛에 널어 말린 수건.

하늘의 푸른색에 흠뻑 젖은 수건.

그 색의 이름은 녹청색.

밤사이 수건은 밖에 있었고
은하수의 먼지가 그 위에 떨어졌다.
새벽 세 시 계곡에서 천둥번개가 칠 때
번개가 수건의 배터리를 충전해 주었다.
멕시코만에서 온 빗방울이 수건 속으로 스며들었다.
밤바람이 수건을 말리고
아침 태양이 수건을 다려 주었다.
이제 수건은 준비가 끝났다.

수건을 가져가라. 당신만을 위한 수건.
쌀쌀한 날 야외 샤워장으로 나가 샤워를 해라.
(주의! 서리 주의!)
뜨거운 물에 몸을 씻어라.
몸이 젖고 따뜻하고 깨끗해지면, 이 수건을 얼굴에 대라.
깊이 호흡하라. 냄새를 맡아라.
천천히 몸을 닦아라.
수건으로 몸을 감싸고 거울 앞에 서서

봐라.

당신은 왕의 옷을 입고 있다.

지금이라는 시간이 당신이 가진 모든 것.

지금 당신의 왕국은 괜찮다.

나무 위의 찰리

모아브 지방에 내려오는 진짜 이야기. 일부는 사실이고 일부는 뜬소문이고 일부는 상상이다.

찰리가 자기 집 뜰에 있는 나무 위에 올라간 지 거의 일주일이 되었다.

커다란 늙은 미루나무의 갈라진 틈, 네 개의 큰 가지가 갈라지는 곳.

아이들이 나무 집을 짓기에 완벽하다고 할 그런 장소다.

찰리는 침낭과 꼭 필요한 물건 몇 개를 가지고 올라가 거기서 살고 있다.

떨어지지 않기 위해 밧줄로 큰 가지에 자신의 몸을 묶어 놓고서.

자기 발로는 내려오지 않을 것이다. 결코.

아내인 셜리는 금요일 밤 남편이 나무 위에 올라간 것을 처음 보았다.

그녀는 나무 아래서 남편을 빤히 쳐다보았고, 남편은 위에서 빤히 내려다보았다.

남편이 왜 나무 위에 올라갔는지 알았으므로 물어볼 필요는 없었다.

셜리는 남편이 자기 발로 올라갔으니 자기 발로 내려오리라 생각했다.

다음은 이웃 사람들이 그를 보았다.

그러나 찰리는 말하고 싶지 않았다.

사람들이 아내의 생각을 알고 있으며 아내 편이라는 것을 알고 있었다.

"자네 발로 내려와. 바보 같으니라고."

찰리의 친구 윌리도 찰리를 내려오게 하는 데 실패했다.

대신 방수옷과 음식을 가져다주었다.

장관이나 정신과 의사가 관련됐다는 이야기도 돌았다.

그러나 사람을 움츠러들게 하는 이런 사람들을 찰리가 어떻게 생각하는지 모두 잘 알고 있었다.

3일 후 마침내 누군가 911에 전화를 했다.

소방관들이 왔다. 소방관들은 전화가 올 거라고 예상하고 있었다.

찰리는 소방관들에게도 말을 하지 않았고 소방관들이 놓은 사다리를 사용하지도 않았다.

그곳은 작은 마을이다. 자원해서 소방관이 되는 곳이다.

소방관들은 찰리가 나무 위에 올라갔다는 사실을 이미 알고 있었다. 왜인지도 알고 있었다.

소방관들 중 몇몇은 비밀리에 찰리에게 동조했다.

두 명은 자신도 찰리가 있는 나무로 올라갈까 생각하기도 했다.

둘 다 결혼한 남자들로서 나름대로 속사정이 있었다.

자기 소유의 나무에 올라가면 안 된다는 법은 없다.

그러나 사람들은 운전하고 다니면서 그를 향해 경적을 울리기 시작했다.

어떤 아이들은 찰리에게 더러운 흙덩이를 던졌다. 그러나 너무 높아서 맞지는 않았다.

경찰인 에디는 찰리를 찾아가 사람들이 모두 싫어한다고 말했다.

그러나 관광 안내소에서 일하는 팸은 찰리와 찰리의 나무가 그 지역의 명소가 될 수도 있다고 생각했다.

관광객들이 찾아와서 돈을 내고 사진을 찍으면 좋겠다는 것이다.

아무도 찰리를 이해하지 못했다.

그는 내려오지 않을 것이다.

결코.

찰리는 나무 위에서 살면서 환경 보호 운동을 한 젊은 여성에 대한 책을 읽은 적이 있다.

그 여성은 삼나무에 올라가서 3년 동안 살았다고 한다.

그리고 결국 자신의 뜻을 관철시켰다. 그 나무를 살렸다.

하지만 찰리는 자신이 나무로 망명한 결과가 어떨지에 대해서는 그다지 확신이 없다.

그의 오래된 미루나무는 구해 낼 가치가 없다.

하지만 어떤 일이든 일어나겠지. 빠르든 늦든.

물론 이 모든 것은, 이제까지의 모든 것은 꿈이다.

찰리는 흔들의자에 앉아서 텔레비전의 날씨 예보를 보고 있다.

나무로 올라갈까 생각은 해본다.

그렇게 할 거라고 오랫동안 마을 사람들한테 말하고 다녔기 때문에 자신도 몇몇 사람들도 진짜 그렇게 할지도 모른다고 생각한다.

그러나 실제로 그렇게 하지는 않는다.

이유가 너무 보잘것없기 때문이다.

사람들이 알면 마을을 떠나야 할 것이다.

달걀 때문에 그런다고 하면 말이 되겠는가.

그는 30년 동안 아내 셜리가 해주는 달걀 프라이를 먹었다.

그는 노른자가 깨지지 않을 정도로 한 번만 뒤집어 살짝 익힌 것을 원한다. 셜리는 노른자가 동그랗게 보이게 두고 아래쪽을 딱딱하게 익힌다. 두 사람은 이제는 이 문제에 대해 더 이상 말하지 않는다.

그는 셜리의 달걀 프라이 방식이 싫다.

그도 안다. 셜리도 안다.

그러니 무슨 말을 더 하겠는가?

그러나 그는 달걀 때문에 미칠 것 같다.

그래서 비록 셜리가 해주는 달걀을 먹고 있지만 마음속으로는 집을 나갈 계획을 세운다.

그러면 어떤 일이 생길지, 결과가 어떨지 생각해 본다.

사실 달걀 문제만은 아니다.

두 사람의 삶 전체가 막다른 골목에 다다랐다.

그가 그냥 일어나서 집을 나가 버린다면 셜리가 이기는 것이 된다.

셜리를 죽이는 것은 불법이고 감옥에서 달걀을 더 맛있게 해주는 것도 아니다.

자살하는 것은 고통도 따르고 지저분하다.

셜리를 잡아먹는 것도 한 방법이겠지만 셜리가 해주는 달걀만큼이나 맛이 없을 것이다.

그리고 남자가 손수 달걀을 요리할 수는 없다.

30년 동안 생각해 낸 유일한 방법은 나무 위로 망명 가는 것이다.

월요일 오후에 실행에 옮기겠다.

비가 안 온다면.

새해, 새 빗자루

이번 주에는 많은 사람들이 모아브를 떠났다. 친척을 만나러 가고, 스키를 타러 가고, 햇볕을 쬐러 해변에 갔다. 나는 사람들이 마을을 떠나 조용할 때 여기 있는 것이 좋다. 휴일에 여기저기 여행하며 다니는 일은 끔찍하다. 나는 내가 있고 싶은 곳에 있다. 그래서 모아브에 남았다.

시내에 나가 나처럼 마을에 남아 있는 사람들을 만날 때마다 이 조용한 휴일에 무엇을 하느냐고 물었다. 나처럼 그들도 작은 새해 의식을 치른다. 검소하게 새로운 한 해를 맞는 의식.

사람들에게 들은 것을 정리하면 다음과 같다.

침대 매트리스 뒤집기

냉동실 해동하고 청소하기

연말 결산하고 수표장 정리하기

서랍, 장롱, 창고, 차고 청소하고 정리하기

자동차 타이어 갈고 정비하기

비누와 샴푸를 새것으로 바꾸기

아이들에게 자기 방 청소하라고 시키기

매니큐어, 발 관리, 머리 손질 받기

욕실 약장 청소하기

수세미와 행주를 새것으로 갈기

크리스마스에 받은 카드를 토대로 새 주소록 정리하기

쓰레기통 씻고 살균하기

나는 새 빗자루를 샀다. 구식의 튼튼한 수제 빗자루였다. 밋밋한 나무 손잡이에 달콤한 향기가 나는 연한 노란색 짚을 엮어 만들었다. 전에 쓰던 빗자루는 많이 사용해서 닳았고 모양도 망가져서 구석에 처박아 두고 있었다. 가까이 가면 지난 한 해 동안 쓸어 담은 쓰레기 때문에 악취가 나기도 했다.

낡은 빗자루는 어떻게 할까? 어떻게 했을까? 어젯밤 등유에 빗자루를 담그고 불을 붙여서 밖으로 가지고 나가 힘껏 던졌다. 빗자루는 불타는 창 혹은 떨어지는 별처럼 날아갔다. 그리고 눈 속에 떨어졌다. 왜 그랬는지 묻고 싶은가? 그냥 그랬다. 전에는 그래 본 적이 없다. 그러니 한 번쯤 그래 본 것이다. 그냥 쓰레기통에 버리면 기회를 없애 버리는 것처럼 느껴졌다.(빗자루를 이렇게 던지려면 주위에 눈이 있어야 한다. 그리고 나무를 향해 던지지는 마라.)

새 빗자루는 여러 용도로 사용할 수 있다. 혼자 있을 때는 특히 더 그렇다. 라디오에서 로큰롤이 나올 때는 기타로, 블루그래스 음악이 나올 때는 베이스로 활용할 수 있다. 좋은 댄스 파트너도 될 수 있다. 깊이 숙이는 동작이나 어깨 위로 들어 올리는 동작을 할 때 아무도 다치지 않는다.

물론 다른 사용법도 있다. 빗자루는 다용도 물건이다. 기분 나쁜 곤충이나 거미, 쥐에게는 무기가 된다. 거미줄을 없애는 데 이만한 것도 없다. 침대 밑이나 세탁기 뒤처럼 손이 닿지 않거나, 손을 넣고 싶지 않은 곳에 들어간 물건을 빼낼 때도 요긴하게 쓰인다. 작은 새들이 실수로 집 안에 들어왔을 때 빗자루를 흔들며 나가라고 구슬리기도 한다. 균형 잡기 마술을 보여 주며 어린아이들을 놀라게 할 때도 좋다.(나는 턱 위에 빗자루를 세울 수 있다.) 그리고 빗자루가 닳아 버리면 불붙여 태우는 연말 행사를 벌일 수도 있다.

생각해 보면, 내게 새 빗자루는 새해를 맞으며 정신적으로 청소를 하려는 존재론적 욕구의 상징이다. 작은 슬픔을 떨쳐 버리고, 작은 불평을 던져 버리고, 중요하지 않은 목록을 없애 버리는.

얼마 지나지 않아 새 빗자루는 닳아서 낡은 빗자루가 될 것이다. 삶의 소란함과 지저분함과 근심 걱정도 다시 쌓일 것이다. 이것이 하나의 주기다. 어두운 밤, 낡은 빗자루에 불을 붙여 눈 속에 던지는 것이 그토록 유쾌한 이유가 바로 그 때문일 것이다. 그와 함께 하나의 주기가 끝난다. 빗자루로 만든 원시적인 폭죽과 함께 새로운 한 해의 가능성이 시작된다. 우하!

(친구에게 이 이야기를 했더니 말이 많이 돌아다닌 모양이다. 새해 첫 주 지역 신문에는 섣달 그믐날 몇몇 사람이 그 지방 라디오 방송국 주차장에 모여 빗자루에 불붙이는 사진이 실렸다. 내 친구들이었다. 그런데 사진 밑에 이렇게 씌어 있었다. "빗자루를 태우던 이들은 이것이 중세 유럽의 오래된 전통이라고 전했다.")

Part 3

무엇으로도 이길 수 없는 웃음

교차로 III

나는 20년 넘게 매년 그리스의 크레타섬에서 몇 달을 보낸다. 왜 크레타냐고? 우선 역사를 좋아하기 때문이다. 6000년이 넘는 인간의 역사가 쌓여 있는 곳이다. 또 산, 바다, 해안의 풍경이 아름답기 때문이다. 그러나 그곳으로 돌아가게 만드는 가장 큰 이유는 바로 사람들이다. 크레타 사람들, 그들의 삶의 방식 그리고 그들이 이방인을 대하는 방식이 나를 그곳에 묶어 놓는다.

크레타 사람들은 과연 어떨까? 이렇다.

무엇으로도
이길 수 없는 웃음

크레타와의 인연은 아내가 입원해 있을 때 나 혼자 유럽을 돌아다닌 그해 여름에 시작되었다. 특별한 목적은 없었다. 그냥 발길 닿는 대로 갔다. 크노소스에 있는 유명한 고고학 유적을 보고 크레타 정교회 아카데미에서 하는 대학원 프로그램을 견학하려고 크레타에 갔다. 관광을 마치고 난 다음, 섬의 서쪽 끝에 있는 작은 마을로 향했다. 막다른 길에 있는 콜림바리라는 어촌이었다.

나는 잘 방을 하나 구했고 다음 날 아침 동이 트기 전에 일어나 조깅을 하러 나갔다. 날은 벌써 더웠다. 그래서 검은색 러닝 팬츠와 신발만 신고 나갔다.(내 머리와 수염이 흰색이라는 점이

상황을 이해하는 데 중요하다.) 달리다 보니 마을의 큰 커피숍을 지나게 되었다. 커피숍에는 남자들이 앉아서 이야기를 하고 있었다. 그들은 나를 본 척도 하지 않았다. 나는 놀랐다. 무뚝뚝하고 냉담하고 나를 별로 환영하지 않는 것 같았다.

나중에 집주인에게 이야기하니 이렇게 말했다. "아니에요. 크레타 사람들은 외부인을 무척 환영해요. 옛날부터 이어온 전통이죠. 하지만 커피숍에 있던 사람들은 선생님을 보고 어떻게 대해야 할지 몰랐을 거예요. 선생님은 머리랑 수염 때문에 신부님처럼 보이거든요. 그런데 그 시간에 속옷 같은 것만 입고 반나체로 조깅하는 신부는 본 적이 없으니까요."

"아, 그래요?"

"사람들에게 웃어 주고 손 흔들며 그리스어로 인사하세요. '칼리메라.' 이렇게요. 그러면 친절하게 대해 줄 거예요."

"알겠습니다."

잠깐.

이 장면을 커피숍에 있던 남자들의 시각으로 다시 보자. 그들은 그간 몇 년 동안이나 새벽이면 이 커피숍에 모였고, 눈에 띄는 일이나 별다른 일은 없었다. 그런데 갑자기 경고도 없이 흰 수염을 기른 반나체의 신부가 휙 지나가는 것이다.

"저게 뭐지?"

"글쎄, 나도 모르지."

"관광객들이 점점 이상해져."

다음 날 아침, 나는 좋은 마음으로 다시 뛰기 시작했다. 마을 사람들을 만나 인사할 준비도 되었다. 마침내 커피숍의 사람들이 나를 보았다.

"저것 좀 봐. 저기 또 오네."

잠깐. 이미 말했듯이 첫째, 그들에게는 내 차림이 의외였다. 둘째, 내 언어 능력이 모자랐다. 간밤에 내 뇌는 칼리메라(안녕하세요.)를 오징어를 뜻하는 '칼라마리'로 바꿔 버렸다.

그리고 손을 흔드는 것에도 문제가 있었다. 나는 크레타 사람들이 손가락을 모으고 손등을 바깥으로 손바닥을 안쪽으로 해서 흔든다는 것을 몰랐다. 나는 미국에서 환영의 뜻으로 손 흔드는 방식, 즉 팔을 뻗고 손가락을 벌리고 손을 흔드는 것이 크레타에서는 '나쁜 놈!'이라고 욕하는 손짓이라는 사실을 몰랐다.

계속하면, 상황은 이랬다. 나는 커피숍을 지나면서 "칼라마리, 칼라마리, 칼라마리." 하고 소리치며 손가락을 쫙 벌리고 열정적으로 모두에게 손을 흔들었다.

크레타 사람들은 "오징어, 오징어, 오징어." 하는 소리를 듣고 '나쁜 놈!' 하는 손짓을 보았다. 속옷만 입은 신부한테서.

그들은 웃느라 의자에서 떨어질 정도였다. 그리고 나에게 "칼라마리, 칼라마리, 칼라마리." 소리치며 열정적으로 '나쁜 놈!' 하는 손짓을 보냈다. 나는 기쁜 마음으로 조깅을 계속했다. 정말 친절한 사람들이고 나와 비슷한 부류의 사람들이라는 생각을 하면서.

커피숍에 있던 남자들은 자신의 눈을 믿을 수가 없었다. "도대체 어디서 온 사람이야?" 그들은 숙덕거렸다. 그리고 당신과 내가 했음 직한 행동을 했다. 그날 하루 동안 그들은 친구들에게 기묘한 외지인의 새벽 조깅에 대해 이야기를 퍼뜨렸다. 친구들은 믿지 않았다. 그들은 "사실이야. 보러 와. 아침에 커피나 마시자고." 하고 말했다.

나는 다음 날 또 그 커피숍 앞을 지나갔다. 전날보다 커피숍에 모인 사람들이 많은 것이 눈에 띄었다.

"봐, 말했잖아. 저기 온다. 저 사람한테 '오징어.'라고 소리치고 손 흔들며 어떻게 하는지 보자고." 그래서 그들은 그렇게 했고 나도 그렇게 했다. 모두들 떠들썩하게 웃어 댔다.

나는 지나가면서 그들을 향해 미국의 '오케이' 손짓을 해 보였다. 엄지와 검지를 붙여 동그라미를 만드는 손짓. 그들은 더 크게 웃었고 자신들도 같은 손짓을 하며 화답했다.

좋아!

또다시 사람들은 말을 전했다.

"농담이지."

"아니라니까. 와서 봐." 다음 날은 여자와 아이들도 와서 인사를 했다.

그런데 그날 아침 그 커피숍을 막 지나고 나서였는데, 중학교 영어 선생이라는 사람이 나를 멈춰 세웠다. 그는 진지한 젊은이로서 흥분한 것이 얼굴에 보였다. "실례합니다, 선생님. 선생님은 지금 자신을 놀림거리로 만들고 계십니다. 커피숍에 있는 바보들도 도와주고 있지요. 모두 부끄러운 줄 아셔야 됩니다. 나쁜 본보기가 되고 있어요. 아이들이 뭐라고 생각하겠습니까?"

"뭐가 잘못되었나요? 뭘 잘못했나요?"

"우선 자신을 존중하는 크레타 사람이라면 선생님처럼 차려입고 집 밖에 나가지 않을 겁니다. 천박합니다." 이어서 그는 칼라마리와 칼리메라의 차이를 알려 주었고 그다음은 손 흔드는 방법에 대해 설명했다.

마지막으로 미국식 오케이 손짓이 크레타에서는 운전하다 화가 나서 길 한가운데서 싸움할 때나 쓰는 손짓임을 알려 주었다. 상대방에게 총을 쏘는 파국으로 갈 수도 있는 심각한 도발이었다. 가까운 친구들 사이에서는 심술궂은 장난으로 쓰기도 하지만, 처음 보는 사람에게 절대 해서는 안 되는. 절대로!

나는 언짢았다. 뒤돌아서 커피숍에 있는 남자들을 보았다. 그들도 당황하는 기색이었다. 이제 내가 안다는 것을 그들도 안다. 그리고 그들이 안다는 것을 나도 안다. 어떻게 할 것인가? 나는 고심하며 그 자리를 떠났다. 이 마을을 떠나야 할까, 새로운 조깅 장소를 찾아야 할까, 사과를 해야 할까? 어떻게 해야 하지?

그러나 한 가지 분명한 사실은 간과할 수 없었다. 바로 웃음이었다.

웃겼다. 재미있었다. 진짜 웃음이었다.

사실 친한 미국 친구들과 나도 비슷하게 대했을 것이다. 크레타 사람들은 아직도 나와 같은 부류다.

그날 밤 내 머리는 문제를 정리했다.

동이 틀 무렵 어떻게 해야 할지 명확해졌다.

나는 조깅용 반바지를 입고 그 위에 파란색과 하얀색의 그리스 국기가 그려진 티셔츠를 입었다. 그리고 나갔다.

커피숍 사람들은 진지하게 내가 다가오는 모습을 바라보았다. 아무 손짓도 하지 않았다. 첫날 아침처럼 무심해 보였다.

"저기 또 있네. 저 사람 이제 어떻게 할까?"

"우리한테 화났나?"

"누가 알겠어?"

이 만남을 준비하면서 나는 집주인에게 가까운 친구 사이에 장난이라는 것을 알면서 친구를 욕보이는 방법을 가르쳐 달라고 했다.

"마스터베이션이라는 뜻인데, '말라코스.'라고 말하세요. 그리고 두 팔을 앞으로 쭉 뻗고 한 손 바닥을 다른 손 손등에 대고 탁 치세요. 남자가 불능이라는 손짓이에요."

커피숍에 다다르자 나는 속도를 늦췄다.

이윽고 멈춰 섰다. 그리고 그들을 보았다.

긴장의 순간. 친구냐 적이냐?

나는 미소를 지었다. "칼라마리." 그리고 미국식으로 '나쁜 놈!' 하는 손짓을 하고 손을 흔들었다. 그리고 손바닥을 손등에 대고 찰싹 때리며 "말라코스!"라고 소리 질렀다. 거기다가 엄지와 검지를 맞대고 동그라미까지 만들었다. 그리고 웃으며 서 있었다. 그러나 가슴은 쿵쾅거렸다.

커피숍에서는 웃음과 박수가 터졌다. 앉으라고 의자를 권했다. "와서 앉아요. 이리 와요." 커피, 브랜디, 담배도 줬다. 그들의 얼마 안 되는 영어와 나의 빈약한 그리스어로 우리는 이제까지 있었던 일을 재연했다. 나의 관점뿐만 아니라 그들의 관점에서도. 무엇보다도 그들은 이 상황에 대처하는 나의 방식이 그들 타입이라고 생각했다. 진정한 친구만이 그렇게 대담하게 나설 수 있다고.

나는 그들과 같은 부류였고 그들은 나와 같은 부류였다.

마을에 있던 바보의 빈자리를 내가 메운 것이다.

그것이 시작이었다.

오랫동안 그들은 내가 크레타 사람들의 유머와 용기를 이해하는 사람이라는 것 이외에는 나에 대해 잘 몰랐다. 그들은 이오르고스, 마놀리스, 코스타스, 니코스, 데메트리, 이오아니스라는 이름을 가진 친구들이 되었다. 그들에게 나는 미국인

오징어 씨가 되었다.

이미 말했듯이 나는 20년 넘게 크레타에 가고 있다. 그들은 나를 마을의 한 사람으로 받아들여 주었고, 나는 축제, 결혼식, 세례식, 포도주 담그기, 올리브 수확을 함께한다. 내 서투른 그리스어는 아직도 그들을 재미있게 한다.

내가 매년 크레타에 가는 이유는 웃음을 기대하기 때문이기도 하다. 종종 거칠고 거침없고 짓궂은 농담과 이야기를 한다. 옛 시절에 대한 농담, 성性과 전쟁과 우둔함에 대한 농담, 두려움과 실패와 어리석음을 감추고 있는 농담. 그들의 웃음은 신중하지 않다. 이 웃음이 없었더라면 크레타 사람들은 수세기에 걸친 고통과 비극을 이겨 내지 못했을 것이다. 크레타 사람들의 웃음은 맹렬하고 반항적이다. 죽음과 비밀과 악을 향해 "나쁜 놈!" 하고 외치는 웃음이다.

그들은 이런 웃음을 '아스베스토스 게로스Asbestos Gelos'라고 부른다.

사실 이 말은 호메로스가 한 말이다. 글자 그대로 하면 '불을 이기는 웃음'이라는 뜻이다. 무엇으로도 이길 수 없는 웃음, 무엇으로도 무찌를 수 없는 웃음.

크레타에는 '웃는 사람은 살아남는다.'는 말이 있다.

그들은 오랫동안 그 말대로 그래 왔다.

거기 있잖아

크레타의 봄.

쇼핑하러 나갔다가 들어가는 길이었다. 따뜻한 봄 날씨가 너무 좋아 그냥 집에 가기가 아까웠다. 그래서 근처에 있는 마을을 둘러보기로 했다. 그런데 길이 해안 도로에서 해변에 있는 언덕으로 올라가더니 바위 골짜기에 이르렀다. 계속 가면 눈이 덮여 있는 산으로 가게 될 것 같았다. 처음 보는 길이었고, 서쪽으로 가야 되는데 동쪽으로 가고 있었다. 집과는 반대 방향이었다.

길을 잃은 것이다. 내가 가진 지도에는 그 길이 나와 있지도 않았다.

작은 마을이 보였고, 길 건너편에 늙은 염소를 끌고 가는 노인이 보였다. 나는 차를 세웠다.(노인이 염소를 끌고 가는 것인지 늙은 염소가 노인을 끌고 가는 것인지는 확실하지 않았다. 누가 누구를 끌고 가는지 분명하게 말할 수 있는 모습이 아니었다. 어차피 노인이나 염소에게는 중요한 문제도 아닐 테고.)

나는 차에서 내린 후 노인에게 물었다.

"제가 지금 어디 있는 건가요?"

노인과 늙은 염소는 당황하면서 재미있다는 표정으로 나를 쳐다보았다. '무슨 질문이 저래?' 노인은 아이에게 말하듯이 혹은 정신 장애가 있는 어른에게 말하듯이 친절하게 천천히 내가 있는 곳을 가리키며 말했다.

"거기 있잖아."

나는 지도를 가지고 노인 옆으로 갔다.

"아니, 아니요. 지금 우리가 어디 있나요?"

노인은 불쌍하면서도 재미있다는 듯 나를 바라보았다. 그는 한 손을 내 어깨에 얹고 다른 한 손으로 땅을 가리키며 정답게 말했다. "우린 여기 있지."

그야 그렇죠.

나는 노인에게 지도를 보여 주었다. 그리고 마을과 길이 있어야 할 곳에 있는 빈 공간을 가리켰다. 내가 지나온 길도 보여 주었다. 노인은 머리를 긁적거렸다. 이 산과 계곡에 있는 작은 길과 도랑까지 상세하게 알고 있을 그가 말이다. 그리고 재미있으면서도 안타깝다는 듯이 물었다.

"이 지도 어디서 났나?"

"아테네에서 샀어요."

노인은 웃음을 터뜨렸다. "아테네라고?" 계속 웃었다. "아테네라고!" 아테네 사람들은 쓸모 있는 것이라고는 하나도 알지 못한다는 듯이 말했다. 자기네가 어디 있는지 혹은 우리가 어디 있는지도 모른다는 어투였다. 권위에 조소를 보내는 것은 고대 그리스 시대부터 내려온 민주적 전통인가. 노인은 이 모든 것을 염소에게 다시 말해 주었다. 그리고 웃었다. 염소도 재미있어하는 것 같았다. 나는 분명 구제불능의 예였다.

그래서 나는 고맙다고 인사하고 차에 탔다.

"어디로 갈 거요?"

"모르겠습니다."

노인은 또 웃었다. 그는 미소를 짓고 손을 흔들며 염소에게 또 말을 했다. 모르겠다는 한마디가 내가 한 말 중 유일하게 의미 있는 말이라고 설명하는 듯했다. 어디 있는지 모르는데 어디로 가는지 어떻게 알겠는가?

분명히 그렇다.

그도 그의 염소도 길을 잃지 않았다.

그들은 거기 있다.

작은 올림픽

1세기 그리스 철학자 에픽테토스는 이렇게 말했다.
"중요한 것은 경기장의 크기가 아니라 경기의 정신이다."

올림픽 경기에 대한 기록은 비록 기원전 776년부터 시작되지만, 올림픽 경기 그 자체는 그리스인들이 이 세상에 살기 시작했을 때부터 그들 삶의 일부분이었다. 그리고 지금도 아주 쉽게 올림픽 정신에 휩싸인다. 어젯밤처럼.

어젯밤 나는 크레타 친구들과 꽤 괜찮은 포도주를 마셨다. 코린트 근처 펠로폰네소스 지방의 네마이이아에서 재배한 포도로 만든, 거의 검은색이라고 할 만큼 진한 적포도주였다. 한두

잔 마신 후 취기가 동하자 우리는 세계 최초로 곤충 올림픽을 열자고 의기투합했다.

각자 작은 쥐며느리 한 마리씩을 잡아 왔다. 과자 굽는 철판을 비스듬히 세워 놓고 쥐며느리를 살짝 건드려 몸을 돌돌 말게 만든 후 종이로 떠서 하나, 둘, 셋 구령을 붙이며 철판 위에 올려놓았다. 쥐며느리는 돌돌 굴러서 바닥에 떨어졌다. 먼저 일어나서 걸어가는 녀석이 이기는 경기였다.

내기를 하자!

내 선수인 헤라클레스가 연속 다섯 번 이겼다. 금메달이었다. 나는 승자에게 줄 작은 올리브 잎을 찾으러 나갔다. 그러나 다시 와보니 선수는 가고 없었다. 영광을 누리기에는 너무나 수줍은 곤충. 겸손한 곤충, 일류 곤충이었다.

헤라클레스는 어디를 가든 이길 것이다.

경쟁하되 타인에게 피해를 주지 않으며 재미를 느끼는 것, 이번 주말에는 그리스인 모두가 이것을 즐긴다. 소규모 곤충 올림픽은 오늘의 큰 이벤트를 위한 준비 운동이었다. 오늘 그리스에서는 모든 가게가 여덟 시 삼십 분에 문을 닫는다. 최강의 축구 팀들이 아테네에서 경기를 벌이기 때문이다. 파나티

나이코스와 올림피아코스 피레우스이다. 그 시간에 텔레비전을 보지 않으면 내일 사람들과 할 이야기가 없다.

터키 공군이 오늘 밤 여덟 시 삼십 분에서 열 시 삼십 분 사이에 그리스를 공격한다면, 그리스 총리는 "지금은 싸우지 못하지만 두 시간 후면 그리스인의 절반이 분노하며 싸울 준비를 할 테니 다른 날을 택하는 게 좋겠다."고 말할 것이다.

"그냥 축구 경기일 뿐인데."라는 말은 작든 크든 운동 경기를 진지하게 생각하는 그리스 사람들을 이해하지 못하는 말이다. 나는 친구들과 마을 사람들이 좋아하는 파나티나이코스 팀을 응원하러 '아르헨티나 식당'으로 갔다. 문을 열고 나가면서 곤충 올림픽 참가자들을 밟지 않으려고 노력했다.

얼마 후, 2 대 2 동점. 모두 만족했다. 패스와 발놀림 등 경기 내용도 좋았고 선수들도 열심히 했다. 모두 이긴 것이다.

에픽테토스도 만족했을 것이다. 그는 노련한 선수들에 대해 이렇게 썼다. "그들은 공이 좋은지 나쁜지 생각하지 않는다. 공을 어떻게 던지고 어떻게 잡을까만 생각한다. 한 사람이 기뻐할 이유가 있다면, 그의 친구 역시 그 기쁨을 함께할 이유가 있기 때문이다."

닭 한 마리도
없단 말이야?

최근 해안가가 많이 개발되면서 크레타가 기본적으로 산악 지방이라는 사실을 잊어버리기 쉬워졌다. 크레타에는 경사지고 외진 고지대 마을이 대부분인데, 이런 환경이 이들을 독립적이고 자족적인 사람들로 만들었다. 크레타 사람은 아무것도, 아무도 두려워하지 않으므로 두 눈 똑바로 뜨고 신을 볼 수 있다는 말이 있다. 따라서 외지인에 대해서도 의심이나 두려움의 눈길이 아니라 관심을 가지고 본다.

어느 날 오후, 나는 주차를 하고 높은 산마루에 나있는 좁은 길을 따라 걷고 있었다. 그때 하얗게 바랜 어느 집 현관에서 누군가를 부르는 목소리가 들렸다.

"여기 와요. 여기 와서 앉아요!" 한 노인이 옆에 있는 의자를 가리키며 손짓으로 나를 불렀다.

나는 가서 앉았다. 작은 탁자 위에는 아몬드, 건포도, 올리브, 치쿠디아(포도주를 만들고 남은 찌꺼기를 증류한, 그라파와 비슷한 술) 한 병이 놓여 있었다. 환영한다는 표시였다. 그는 같이 이야기할 사람을 찾고 있었다.

"이거 마셔요. 이거 먹어요." 노인은 치쿠디아 한 잔을 따라 주고 작은 접시에 아몬드, 건포도, 올리브를 가득 채우며 이렇게 말했다.

"아, 독일 사람인가요?" 노인이 물었다. 2차 대전에서 크레타를 잔인하게 짓밟은 독일인도 이렇게 환대한다는 사실을 알고 가슴이 뭉클했다.

"아니요. 미국 사람입니다."

"아메리카노스! 아메리카노스!" 그가 소리를 치며 집 안으로 들어갔다. 곧 젊은 남자가 같이 나타났다. 두 사람은 높은 어조로 크레타식 사투리를 써가며 말을 주고받았다. 내 얼굴에는 두 사람의 말을 이해하지 못한다는 기색이 역력했고 이를 알아차리자 젊은이가 영어로 말을 했다. "아버지가 선생님을 만나서 아주 반갑다고 하시네요. 미국 사람을 만나 본 적이 없으시거든요. 아버지는 미국 사람들은 없는 것이 없다고 들으셨답니다. 그래서 몇 가지 질문을 하고 싶다고 하시네요."

좋다. 아들의 통역과 함께 조사가 시작되었다. 몇 살인가? 아이들은 몇인가? 돈은 얼마나 버는가? 크레타 사람다운 질문이었다. 그다음 조금 더 자세한 질문이 이어졌다. "춤을 추고 시를 낭송하는 건 얼마 만에 한 번씩 하나요?"

"자주 하지는 않습니다."

노인은 눈을 찡그리며 나를 보았다.

"양이랑 염소는 몇 마리 있나요?"

"하나도 없습니다."

노인은 당황한 듯 보였다.

"올리브나무는 얼마나 있고 올리브유는 얼마나 만드나요?"

"전혀 없습니다."

노인은 얼굴을 찡그렸다.

"포도나무는 얼마나 있고 포도주는 얼마나 만드나요?"

"전혀 없습니다."

노인은 어찌할 바를 몰라 했다.

"그럼 닭은 있나요?"

"없습니다." 노인은 이제 약간 화가 난 듯했다. 그는 다시 흥분한 어조의 그리스어로 아들에게 뭐라고 말했다. 아들은 내게 사과를 했다.

"죄송합니다. 미국인들이 뭐든지 다 가지고 있다는 건 거짓말이라고 하시네요. 양도 없고 염소도 없고 나무도 없고 기름도 없고 포도나무도 없고 포도주도 없고 닭도 없다고 하니까 '도대체 그게 사는 거냐? 노래도 춤도 시 낭송도 자주 안 한다는데 그 이유를 이제 알겠다.'고 하십니다. 실망하셨네요."

노인은 나를 경멸에 가까운 동정하는 눈으로 바라보았다.

그는 일어나서 천천히 정원으로 걸어가며 혐오하듯 머리를 저으면서 영어로 이렇게 중얼거렸다. 나를 지워 버리려는 듯한 말투로.

"아무것도 없다고. 닭 한 마리도 없다고."

에픽테토스와
하수구 사건

"행복과 자유는 한 가지 원칙을 분명히 이해하는 데서 시작된다. 바로 어떤 것은 내 통제하에 있고 어떤 것은 그렇지 않다는 사실이다."

다시 그리스 철학자 에픽테토스의 말이다.

하수구가 막히더니 물이 올라오기 시작했다. 제길!
이것은 21세기에 살고 있는 풀검의 말이다.
에픽테토스도 하수구를 뚫어야 했는지 모르겠다.
그랬다면 자신의 철학을 어떻게 적용했을까?

“물론 실질적인 이유 때문에 어떤 것은 쫓아가고 어떤 것은 피해야 할 때가 있다. 그러나 그때마다 우아하고 세련되고 융통성 있게 그렇게 하라.”

크레타에서는 배관공을 부르지 않는다. 크레타 남자는 자기 집 문제는 스스로 해결한다.

“어떤 일이 일어났을 때 할 수 있는 유일한 것은 사건에 대한 태도를 정하는 일이다. 받아들이거나 원망하거나.”

내가 사는 집의 목욕탕 시스템은 목욕탕에서 나오는 하수가 파이프를 통해 다른 폐수들과 합쳐지게 되어 있다. 그리고 구석에 하수구가 있다. 싱크대나 화장실에서 물이 넘칠 때를 대비해 만들어 놓은 것이다. 하수구를 따라 내려간 것은 하수구를 따라 올라올 수도 있다. 바로 그 일이 벌어졌다. 샤워한 물이 목욕탕을 지나 계단으로, 거실로 흘러온 것이다. 나는 거실에 있던 손님들에게 현관 쪽으로 가라고 했다.

“살면서 마주하는 모든 어려움은 나 자신의 내면을 들여다보게 함으로써 자기 안에 숨어 있던 힘을 깨우는 기회를 준다.

순간적으로 반응하려고 하지 마라. 상황에서 떨어져라. 더 크게 보라. 마음을 가라앉혀라."

"당황할 것 없어요." 나는 허리춤에 수건을 차고 물 위를 저벅저벅 걸어 다니면서 이렇게 말했다. 그러나 다른 목욕탕 역시 하수구가 넘쳐 물이 역류하고 있었다. 올라오는 하수에는 샤워한 물만 있는 것이 아니었다. 그래서 손님들을 현관 밖으로 내보냈다.

"어떤 사건을 어떻게 하면 잘 이용할 수 있는지 살펴보라. 잘 보이지는 않지만 잘 훈련된 눈을 가진 사람이라면 알아차릴 무언가가 있는가?"

"좀 지저분할 것 같네요. 잠시 나가 계세요. 배관공하고 제가 정리하고 나서 다시 부를게요." 결국은 나 혼자 하는 거다.

"어떻게 하는 것이 현명하다고 심사숙고해서 결정했으면 결코 그 판단을 의심하지 마라. 결정을 고수하라. 당신의 의도를 오해하거나 저주하는 사람이 있을 수 있다. 고수하라. 겁이 나서 결정을 번복하는 일은 하지 마라."

"우리가 도와줄게요."

"아니에요. 나가 계세요."

"모든 것에는 두 개의 손잡이가 있다. 하나는 정말 앞으로 나가게 하는 손잡이고 하나는 그렇지 않은 손잡이다. 올바른 손잡이를 선택하라. 그렇지 않으면 결과는 쓰디쓸 것이다."

그리하여 일은 시작됐다. 수건, 빗자루, 대걸레, 양동이를 사용해서 물을 치우고 다음은 호스를 집 안으로 끌고 와서 제일 지저분한 것을 계단을 거쳐 현관으로 씻어 낸 뒤 집 밖의 덤불숲으로 쓸어 버렸다. 이제 최악의 것은 치워진 상태다. 손님들은 멀찍이서 도와주겠다고 소리치면서 서 있었다.

"가세요!" 내가 소리쳤다. 멀리, 마을로 가세요.

"지혜의 삶은 이성의 삶이다. 우리는 명료한 생각을 통해서 의지를 적절하게 통제할 수 있다."

이제 막힌 하수구를 뚫어야 한다. 이때 쓰는 도구는 플런저, 옷걸이, 빗자루, 정원 호스 등이다. 아무 소용이 없었다. 그래서 철물점에 갔다. 가는 길에 우리 집에 왔던 손님들이 카페에 앉아 있기에 자신 있는 듯 손을 흔들었다. 손님들은 걱정하는 눈빛으로 포도주를 마셨다. 틀림없이 내 흉을 봤을 것이다.

"다른 사람이 나를 어떻게 보는지에 좌우되지 마라."

크레타에서 유명한 하수구 뚫는 제품은 '미스터 머슬Mr.Muscle'이라는 것이다. 이 단어가 커다란 오렌지색 병 위에 쓰인 글자 중 유일한 영어였다. 병 뒷면에는 자잘한 그리스어로 설명이 적혀 있었고 그림도 그려져 있었다. 하나는 액체를 하수구에 붓는 그림이었다. 그다음 그림은 하수구가 깨끗해지는 그림이었다. 마지막 그림은 액체가 손이나 발에 묻으면 손가락이나 발가락을 잃게 된다는 그림이었다.

"진정으로 당신을 막을 수 있는 것은 아무것도 없다. 진정으로 당신의 발목을 잡는 것은 아무것도 없다. 당신의 자유 의지는 항상 당신의 통제하에 있기 때문이다."

미스터 머슬을 얼마나 부어야 하는지는 씌어 있지 않았다.

조금 부어서 효과가 있다면 많이 부으면 효과가 더 크겠지? 한 병을 다 들이부었다. 조용했다. 그러더니 갑자기 하수구에서 펑, 펑, 펑 하는 소리가 들렸다. 그리고 연기와 파란 거품이 올라오더니 내 쪽으로 돌진해 왔다.

"우리는 외적인 상황은 선택할 수 없다. 그러나 어떻게 반응할지는 늘 택할 수 있다."

뛰어라, 뛰어!

"현명하고 훌륭한 사람이란 어떤 일이 일어날 때마다 '지금 어떻게 해야 하는가?' 질문하는 습관을 가지고 있어서 평정심을 잃지 않는 사람이다."

그래서 나는 목욕탕 문을 쾅 닫고 집 밖으로 나가 카페로 갔다. 그리고 포도주를 마시며 숨을 돌렸다.

"지혜를 추구하는 사람, 영적 원칙에 따라 살려는 사람은 사람들의 비웃음을 사고 친구들의 저주를 받을 각오를 해야 한다. 저속한 이들의 영혼에 일일이 대응하면서 살지 마라. 그들을 연민으로 대하되 당신이 좋다고 알고 있는 것은 지켜라."

식당에서 친구들과 함께 마시는 포도주는 좋았다.

"우리는 모두 최선을 다하고 있다. 자신을 용서하고 또 용서하라. 다음번에 더 잘하면 된다. 자신이 그 상황에서 할 수 있는 최선을 다했다는 사실을 알면, 마음이 한층 가벼워진다."

나는 크레타 친구 니코스에게 우리 집에 가 봐 달라고 부탁했다. 그는 연기와 파란색 거품을 없애는 것까지 포함해 모든 뒷처리를 해주었다. 내가 돌아갔을 때 집은 다시 조용해져 있었다.

"감사하는 연습을 하라. 그러면 행복해질 것이다. 자신에게 일어나는 일에 대해 좀 더 넓은 시각을 가지고, 이 세상 모든 일이 유익하다는 사실을 알고 감사하라."

미스터 머슬에게, 니코스에게 그리고 에픽테토스에게 감사한다.

흙과 빛은 흐르고 우리는 그 속에 있다

친하게 지내는 그리스 부부가 올해 첫 아기를 낳았다. "아기 보러 오세요." 그래서 보러 갔다. 뭐라고 할까? 아기들은 대부분 담배만 물지 않았지 윈스턴 처칠 같다. 아주 예쁜 아기는 보톡스 맞은 윈스턴 처칠 같다. "아기가 바비와 켄의 딸 같네요." 나는 아기의 부모에게 이렇게 말했다. 남자들은 보통 "예뻐요."라고 한다. 여자들은 보통 "귀여워요."라고 한다. 나는 이렇게 보탰다. "완벽해요." 윈스턴 처칠 이야기는 하지 않았다.

아기가 나를 보며 무슨 생각을 할까 궁금하다. "아이고, 이상하게 생긴 것이 또 하나 왔네. 모두 다 이렇게 못생긴 걸까?" 아기들이 소리를 지르고 많이 우는 것도 놀랄 일이 아니다.

나는 아기의 이름을 몰랐다. 그리스 아기들은 세례를 받을 때까지는 공식적인 이름이 없다. 보통 한 살에서 두 살 사이에 세례를 받기 때문에 그동안은 그냥 아기라고 부른다. 세례식 날에는 아기를 데리고 교회에 가서 옷을 벗기고 사제에게 넘겨준다. 아기에게 사제는 검은 옷을 입은 낯선 사람일 뿐이다. 사제가 아기를 미지근한 물에 담그면 아기는 놀라서 얼굴이 빨개지고 몸이 뻣뻣해지며 소리를 지르고 오줌을 싸기도 한다. 그리스 사람들은 이것을 즐긴다. 생각하는 만큼 나쁘지 않다. 사실 더 나쁘다. 내가 증인이다. 직접 보았다.

하지만 내가 이런 일을 비판할 권리가 있을까? 이교도에다가 그리스 사람도 아니고 정교회 신자도 아닌 내가 말이다.

나는 경험자로서 말할 뿐이다. 옛날 옛적 나는 어린 시절에 다니던 교회의 규칙대로 세례를 받았다. 다리미질할 때처럼 물을 뿌리는 감리교 방식이 아니었다. 편리하게 실내 풀장에서 몸을 담그는 세례도 아니었다. 나는 성경에 쓰인 대로 세례자 요한과 예수처럼 강으로 가서 세례를 받았다.

어머니는 독실한 침례교 신자였다. 앨라배마의 머슬 숄스에 사는 어머니의 사촌 언니는 아이들 세례를 성경에 따라 똑바로 하라고 권했다. 그분은 '강에서 모일까요'라는 옛날 노래를 자주 부르셨는데, 분명히 소풍용 노래는 아니었다.

열두 살 되던 해 여름, 나는 흰 셔츠와 흰 바지를 입고 '신의 팔'이라는 뜻의 브라조스강에서 성경에 쓰인 대로 세례를 받았다. 어머니는 기뻐하셨다. 나는 아니었다. 나는 무서웠다. 로스코 삼촌이 그 강에 악어랑 독사들이 사니까 들어가지 말라고 한 적이 있기 때문이다. 하지만 나는 살았다. 그리고 '구원을 받았다.' 사람들은 내가 천국에 갈 거라고 했다. 그리스 친구들에게 내 세례 이야기를 해줬더니 모두 깊이 감명을 받았다. 그 덕분에 내가 플래티넘 카드를 받기라도 한 듯이, 절대로 취소되지 않는 보험에 들기라도 한 듯이 부러워했다.

나는 한 사람이 다른 사람의 영혼을 구원해 준다는 말을 믿지 않는다. 그것이 무슨 뜻인지도 모른다.

각자 자신의 삶을 사는 것이고 자신의 시간을 보내는 것이라고 생각한다. 누가 누구를 구원한다고 생각하지 않는다.

그러나 사후 세계에서 일어날지도 모를 사고에 대해 보장을 받았다고 생각하면 마음이 편해진다.

천국이 진짜 있다면 우리 어머니가 커다란 황금빛 홀에서 나를 가리키며 말할 것이다. "저기 우리 아들이에요. 자라면서 신앙심을 잃어버리긴 했지만 성경에 따라 제대로 세례를 받았으니 앞에 앉을 권리가 있어요. 살짝 물에 들어갔다 나오거나 물을 뿌리는 세례를 받은 사람들은 저쪽 뒤에 있잖아요."

오해하지 않기를 바란다. 세례는 진지한 종교 의식이다. 무례를 범할 생각은 없다. 세례가 새로운 각성의 상징으로서 이 세상에서 올바로 살아가는 길에 대해 고민하게 한다면 의미 있는 행사이다. 그리고 어떤 종교를 믿든 종교는 좋은 것이다. 방법은 여러 가지가 있다. 어떤 사람은 물로 세례를 받고, 어떤 사람은 물 없이 세례를 받는다. 어떤 방법이든 당신에게 맞고 공공의 선에도 좋다면 그렇게 해라.

질량과 에너지 보존의 법칙에 따르면 아무것도 사라지는 것은 없다고 한다. 모든 것은 그대로 있다. 모든 것이 왔다가 간다. 단지 형태만 바뀔 뿐이다. 물은 삶에 꼭 필요한 요소이다. 땅과 에너지도 마찬가지다. 흙과 빛은 흐르고 우리는 그 흐름 속에 있다.

내가 믿는 것은 그것이다.

동짓날 밤의 명상

12월 20일.

내게는 내일 봄이 온다.

동지는 내 새해의 시작이다. 변화의 징조라고 할 만한 것은 날이 아주 조금씩 길어지는 것뿐이지만, 분명 빛이 많아지고 생명이 많아지고 있다.

날씨의 신은 이번 주에 바닥을 쳤다. 축축한 북극 공기를 스페인을 거쳐 북아프리카로 몰고 간 다음 따뜻하게 데워서 다시 모로코와 리비아해, 이어서 크레타해와 에게해로 가지고 왔다.

이 바람은 아프리카 해안을 따라 난 과수원의 오렌지나무

향기를 싣고 왔다. 내 마음이 갈망하는 것에 지나지 않을 수도 있지만, 그러나 나는 분명히 이 바람의 냄새를 맡는다. 부드러운 비가 오렌지나무 꽃에 물을 뿌리며 자비롭게 떨어진다. 그리고 소금기 어린 바다 냄새도 배어 있다.

올리브 수확이 끝났고 사람들은 내년을 위해 나무를 다듬고 비료를 준다. 톡 쏘는 공기에 다른 냄새가 더해진다. 올리브유를 짤 때 나는 잘 숙성된 냄새, 잎을 태울 때 나는 떫은 연기 냄새 그리고 겨울비가 잘 스며들게 파 엎은 땅에서 나는 심원하고 기름진 냄새.

코로 듣는 음악 같다.

영혼의 겨울을 헤치며 약속을 지키려고 달려오는, 멀리 있는 그러나 억제할 수 없는 봄의 달콤한 냄새.

겨울 재고 조사

해마다 이 시기가 되면 오듀본 협회는 조류 개체 수 조사를 한다. 전 세계적으로 회원들이 모여 새의 숫자를 센다. 감탄이 절로 나오는 활동이다. 이 활동을 통해 회원들은 귀중한 통계로 조류학에 기여도 하고, 자기와 비슷한 사람들끼리 모여서 즐기기도 한다.

연말 재고 조사에는 장점이 있다. 결산을 하고 좋은 일을 다시 떠올려 보고 새해 결심을 한다. 심지어 작은 것들과 작은 사건을 자세히 들여다보는 것도 충분히 그럴 가치가 있다.

크레타에는 이와 비슷한 겨울 재고 조사가 있다. 크리스마스와 그믐날 사이에 자기 집에 있는 곤충의 수를 세는 것이다.

이는 꽤 최근에 만들어진 전통이다. 사실 올해가 첫 해이고 우리 집이 첫 집이다. 이 조사의 창시자가 바로 나이기 때문이다.

이 관습은 과식하는 사람들, 지루한 사람들, 게으른 사람들의 수호성인인 '귀차니'를 찬양한다. 그의 추종자들이 어제 오후에 굼뜬 이들의 성모 성당 소파에 모였다. 원래 그 전날 모이기로 했는데 사제와 복사들이 준비가 덜 되어서 하루 연기했다. 우리는 소파에 앉아 벌레를 찾고 수를 세기 시작했다.

또 벌레냐고? 그렇다. 참아 주기 바란다.

얼마 지나지 않아 친구들과 나는 집 안과 베란다를 뒤지며 벌레 숫자를 세고 기록하는 데 열중했다. 결과는 다음과 같다.

전갈 3마리 : 큰 상아색 1마리, 아주 작은 빨간색 1마리, 검은색 1마리

거미 3마리 : 모두 작고 진회색임

나방 1마리 : 옷을 먹는 좀나방으로 지금은 죽었음

메뚜기 2마리 : 노란색 1마리, 얼룩점이 있는 것 1마리

말벌 2마리 : 겨울에는 잠을 자거나 죽거나

바퀴벌레 2마리 : 혹은 1마리를 두 번 본 것일 수도 있음

노래기 9마리 : 작고 빨간색과 검은색

딱정벌레 11마리 : 다양한 크기와 색

쥐며느리 : 5마리

살아 있지 않은 달팽이 : 작은 흰색 달팽이 3마리, 빈 껍질만 발견됨

꾸정모기 1마리 : 천장에서 푸시업 하고 있음

개미 : 작고 검은 개미 30마리와 크고 빨간 개미 1마리

귀뚜라미 ½마리 : 다리 하나 없음

작은 뱀 : 소문은 있으나 보지는 못함

너무 작아서 알아볼 수 없는 벌레 9~10마리

책벌레 5마리 : 조그맣고 빨리 뛰어다니며 책을 먹음

파리 7마리 : 크기 세 종류, 모두 죽음

무엇인지 모르는 작은 날벌레 3마리 : 소리는 들리나 보지는 못함

의문의 벌레 1마리 : 설탕 통으로 들어갔으나 발견하지 못함

사과 속 벌레 1마리

어떤 사람 속옷 안에 있다는, 그러나 조사는 못 한 벌레 1마리

이 세상에 알려진 곤충은 7만 종이 넘는다. 그러니 우리가 센 것은 거기에 비하면 아주 적다. 사과한다. 내년에는 더 잘하겠다.

위 목록에 곤충이 아닌 것이 있다고 주장할 사람도 있을지 모르겠다. 너무 기술적으로 따지지 말자. 작고 기어 다니거나

집 주위에서 날라 다니고 사람으로 하여금 도망가거나 잡거나 하게 만든다면 우리의 수호성인 귀차니의 분류에 따라 '벌레'이다.

나는 이 생물들과 일상을 함께한다. 그런데 원하지 않는 잡초처럼 '벌레'라며 없애 버리려고 한다. 이것은 살아 있는 것에 대한 자비로운 태도가 아니다.

우리 조사 위원회 회원 중 사디스트 기질이 있는 한 명이 잡은 벌레를 모두 유리병에 넣고 서로 죽일 때까지 싸우게 하자고 제안했다. 그러나 그것은 심술궂은 로마의 전통이지 그리스의 전통은 아니다. 그것은 생물에 대한 존중이 결여된 자세다.

그래서 우리는 작은 올림픽을 다시 열었다.

커피 알 하나, 옥수수 알 하나, 치어리오 과자 한 알로 역도경기를 하기로 했다. 쥐며느리는 도르르 몸을 말고 참여를 거부했다. 그러나 빨간 줄, 검은 줄이 있는 딱정벌레는 참가했고 세 가지를 한꺼번에 머리로 들어 올림으로써 모든 참가자들을 물리쳤다. 불행히도 몇몇 참가자들은 심판이 턱없이 무거운 무게를 올리는 바람에 하기도 전에 전력을 잃고 말았다.

수영 대회는 부엌의 싱크대에서 열렸고 검은 딱정벌레가

이겼다. 바퀴벌레는 단거리 경주에서 이겼다. 전갈은 제자리를 맴돌다가 뒤처졌고 작은 개미들도 허우적거렸다. 거미는 싱크대 가장자리에 있던 작은 날벌레를 먹어 버렸고, 커다란 개미는 작은 개미 한 마리를 점심으로 먹으려고 낚아챘다. 거미와 큰 개미는 경기 참가권을 박탈당했다. 어떤 경기에서든 상대를 잡아먹는 것은 스포츠 정신이 아니다.

부엌 캐비닛에서 바닥으로 사뿐히 뛰어내린 메뚜기가 뛰어내리기 대회에서 일등을 했다. 쥐며느리 두 마리가 같은 높이에서 뛰어내리기는 했지만 바닥에 닿은 후에도 돌돌 말린 상태로 움직이지 않았다. 그래서 실격. 대부분의 참가자들은 기회가 닿는 대로 경기장에서 도망치거나 어디론가 사라졌다.

"정말 이런 일이 있을 수 있나요?" 하고 물을 것이다.

의심쩍은가? 글쎄다. 벌레들은 진짜 있었다. 모두 매일 하는 일을 하며 거기 있었다. 목록 대부분은 직접 보았다. 나머지는? 물론 사실이 아니다. 그렇게 하려면 너무 많은 노력이 필요하다. 귀차니 협회에는 큰 규칙이 하나 있다. 소파를 옮기지 말라는 규칙이다.

그러나 이런 일이 있을 수 있다는 상상은 했다.

그럴 수 있다고 상상하는 것, 그것이 우리의 수호성인을 따르는 자들에 대한 보상이다. 성인은 언젠가 이렇게 말했다. “상상할 수 있다면, 왜 귀찮게 실제로 하는가?”

상상하지 않았던 일이 그날 이후 일어났다.

다른 종류의 재고 조사였다.

오후에 혼자 잠 속으로 빠져들고 있는데, 차에 타며 웃던 친구의 웃음이 떠올랐다. 내가 준 작은 선물에 그때까지도 기뻐하던 친구.(소리치면 되받아서 소리치는 기계 새 한 마리를 선물했다.)

나는 언어가 통하지 않는 친구의 작별 인사가 떠올랐다. 말은 통하지 않지만 내 손을 따뜻하게 잡고 우정의 표시로 내 손 위에 자기 손을 얹고 꼭 누르던 그 친구.

벌레 찾는 것을 도와준 네 살짜리 아이가 내 뺨에 열정적인 작별 키스를 하던 것도 떠올랐다.

우중충한 겨울날 오후 가벼운 재미를 같이할 수 있는 친구들이 있다는 사실이 기뻤다.

나는 혼자 베란다에 나가서 바다 위의 셀 수 없이 많은 파도를 보며 오늘 같은 날 같이 있고 싶지만 그러지 못하는 친구들을 세어 보는 장면을 상상했다.

손녀가 크리스마스 선물로 코로 불을 뿜는 분홍색 돼지 라이터를 주던 장면을 생각했다. 웃음이 나왔다.

이 모든 것이 실제이고 사실이다.

이것 역시 재고 조사의 일부이다. 큰 것은 없다. 내 마음속에서 추억이 되어 멀리 날아가는, 날개 달린 작은 것들을 셀 뿐이다.

나는 셌다. 그리고 잠들었다.

메갈로 파스카

모든 일이 갑자기 한꺼번에 일어났다.

어느 날, 춥고 바람 불고 비가 왔다. 사람들은 겨울의 마지막 우중충한 날을 견뎠다. 다음 날 날씨가 따뜻해졌다. 하늘은 맑고 땅은 초록색이고 꽃들은 폭발했다. 그리고 다음 날은 메갈로 파스카이다. 부활절 두 개와 유월절이 합쳐진 날이다. 정교회와 서방의 기독교와 유대교의 축일이 이렇게 같은 날이 되는 것은 아주 드문 일이다.

갑자기 독일어, 이탈리아어, 영어, 프랑스어가 들리고 특히 올해는 히브리어까지 들린다. 이스라엘에서 하루에 네 번이나 전세 비행기가 오간다.

관광으로 먹고 사는 크레타 사람들은 보통 때라면 최소한 한 달에 걸쳐 할 일을 일주일 안에 끝내도록 준비하느라고 난리가 났다. 도로를 따라 차, 모터 자전거, 자전거, 페달 보트, 방을 빌려 주는 임대 업자들이 밀물처럼 들어왔다. 빌려 주는 장사 아니면 파는 장사였다. 지난주까지만 해도 굳게 닫혀 있던 가게와 식당이 문을 열고 영업을 개시했다. 마을 가는 길 내내 음악이 울려 퍼졌다.

갑자기 양을 잡고 달콤한 빵을 굽고 옷을 산다. 교회와 수도원을 장식하고 갓돌, 나무, 벽, 큰 바위들, 계단을 새로 칠한다.

오늘부터 파스카까지 삶은 엄청나게 강렬할 것이다. 이미 친척들이 오는 중이다. 그러니 집 청소를 하고 정원 손질을 하고 새 옷을 사야 한다. 이 시기의 명령은 '즐겨라.'이다. 참여하지 않는 것이 유일한 치욕이다.

내 이름이 불명예스러운 이름으로 오르내리지 않기를!

자정이 되면 어디선가 종이 울리고 폭죽이 번쩍이며 축제가 시작된다. 온갖 먹거리도 기다리고 있다. 필라피(볶음밥), 호르타(익힌 녹색 채소 요리), 파이다키아(새끼 양 구이), 코코레치(양 내장 구이), 칼리추니아(치즈 빵), 치쿠디아, 포도주, 과일. 먹어라! 먹어라!

자신이 참여했다는 것을 어떻게 알 수 있을까?

월요일 아침까지 늘어지도록 자고 느지막이 일어났을 때 베개에 침이 흘러 젖어 있다면 참여한 것이다. 지난밤 움직이지 못할 정도로 몸이 지쳤다는 증거이므로.

침실에서 구운 고기 냄새, 풀 냄새, 숯 냄새, 시큼한 포도주 냄새가 난다면 참여한 것이다.

바닥에 널린 청바지와 셔츠에 피, 그을음, 기름, 토마토, 초콜릿, 요구르트, 딸기가 묻어 있다면 참여한 것이다.

청바지 주머니에 주홍색 달걀 껍데기, 알루미늄 호일, 사탕 토끼가 들어 있다면 참여한 것이다.

목욕탕 거울에 비친 얼굴이 오렌지색, 분홍색, 빨간색으로 얼룩져 있고 코 끝, 뺨, 귀, 손등이 부어 있고 햇볕에 탔다면 참여한 것이다.

과도한 담배와 술 때문에 눈이 충혈됐다면 참여한 것이다.

머리가 빙빙 돌고 혀가 너무 커서 입 속에 다 안 들어갈 것처럼 느껴진다면 참여한 것이다.

양고기를 꼬챙이에 끼우느라 생긴 작은 상처 때문에 비누칠할 때 손이 쓰리다면 참여한 것이다.

세 시간 동안이나 양고기 꼬챙이를 숯불에 돌리느라고 손목, 팔목, 어깨가 아프다면 참여한 것이다.

너무 웃어서 배 근육이 아프고 다시는 안 먹어도 될 정도로 위가 부푼 것 같다면 참여한 것이다.

자신의 진짜 이름은 기억나지 않고 이오르고스나 데메트리나 코스타스 같은 이름만 생각난다면 참여한 것이다.

집 현관에 데이지, 양귀비, 로즈마리 화환이 걸려 있다면 참여한 것이다.

설거지 안 된 접시들이 싱크대에 겹겹이 쌓였고 과자 더미에 치즈 파이와 먹고 남은 차가운 양고기가 나뒹군다면 참여한 것이다.

끔찍한 느낌이 들긴 하지만 왜인지 알기 때문에 진짜 걱정되지는 않다면 그리고 재미있게 끔찍하다면 참여한 것이다.

그렇다면 크레타에서 부활절을 보냈다는 강력한 증거가 있는 셈이다. 구덩이 파는 것을 도와주고, 양고기를 꼬챙이에 끼우고, 산나물을 먹고, 빵을 기름에 적셔 먹고, 아몬드나무 아래 풀밭에 낡은 카펫을 깔고 눕고, 들판에서 작은 아이들을 쫓아 달리고, 술을 주량보다 더 마시고, 웃다가 웃다가 햇빛 아래 쓰러져 잠이 들고, 어찌어찌 집을 찾아가 마룻바닥에 옷을 벗어 던지고 침대에 기어 들어가 잔 것이다.

크레타 스타일로 부활절을 지낸 것이다. 할 일을 했다. 불명예로 오르내리지는 않을 것이다.

그리고 늦은 아침 최소한 블랙커피 세 잔을 마시기 전까지는 괴롭겠지만, 죽었다 새로 태어난 사람이 바로 자신이라는 사실을 알게 된다. 당신은 크레타의 시골에서 눈치 보지 않는 즐거움의 우물에서 다시 태어났다.

예수가 어느 영광스러운 부활절 일요일에 다시 온다면 바로 이곳일 것이다.

크레타 사람들은 그렇게 말하고 다닌다.

그리고 갑자기 모든 것이 끝난다.

부활절 다음 월요일은 크레타 사람들에게는 쉬는 날이며 관광객들에게는 돌아가는 날이다. 대부분의 방문객들이 연락선이나 비행기로 돌아간다. 내일이면 섬은 다시 천천히 여름을 향해 나아갈 것이다.

이제는 그 야단법석이 사라지고 오래된 고요함이 남아 있다. 4월이다. 진홍색의 양귀비가 언덕을 덮고 있다. 수도원의 종은 여섯 시를 알린다. 그러자 우리 집 아래로 난 길을 따라 양 떼가 황혼을 등지고 터벅터벅 걸어 집으로 돌아간다. 걸을 때마다 목에 걸린 종이 움직이며 딩동 소리를 낸다.

어두운 바다와 눈으로 덮인 산에 저녁이 찾아오면 작은 부엉이 울음소리가 들린다. 따뜻한 미풍이 아프리카에서 날아와 해안을 따라가며 오렌지꽃 향기를 풍긴다. 새벽이 되면 어부들은 작은 배를 타고 바다로 나가 그물을 던지겠지. 수천 년 동안 해온 것처럼.

부활절 다음 날의 깊은 고요와 어둠 속. 나는 새벽 세 시에 깨어 침대에서 나와 베란다로 갔다. 모든 것이 잘 있는지 보기 위해서.

현재로서는 그렇다.

무적의 이오아눌라

오늘 아침 우리 집에는 긴장이 감돌았다. 나는 초조했다. 같이 사는 벌레, 달팽이, 파리, 거미들도 초조한 것 같았다. 오늘은 화요일 아침, 공습경보다. 왜냐고? 살림 도우미인 무적의 이오아눌라가 기세등등하게 집으로 오고 있기 때문이다.

작고 살집이 좀 있는 중년의 크레타 여인, 이오아눌라는 10년 동안 독일에서 일하면서 독일인들의 높은 위생 관념과 질서 의식에 동화되었고 지금 그 실력으로 내 살림을 해주고 있다. 이 집에 사는 것은 나와 벌레들이지만 이 집에서 조화의 기준을 세우는 것은 그녀이고, 이 집을 살 만한 장소로 만드는 것도 그녀이다.

먼지와 혼란은 그녀에게는 저주와 같다. 지저분한 것은 죽을죄이다. 그녀에게는 청결이 신에 버금가는 무엇이 아니라 바로 신이다. 그녀는 단지 집을 깨끗이 하려고 오는 것이 아니라 정화하려고 온다.

이오아눌라는 걸어오지 않는다. 사명감에 가득 차 행군하듯 온다. 숨을 가쁘게 쉬며 뜰을 지나 계단을 올라와서 인사 한마디만 던지고 바로 빗자루와 대걸레 쪽으로 간다. 쓸려 가고 싶지 않으면 나가 있는 것이 좋다. 곧 얼룩진 것은 지우고 주름진 것은 펴고 거친 것은 부드럽게 만드는 과정이 시작될 테니까 말이다. 나는 쓸려 가고 싶지 않기 때문에 이오아눌라가 청소하는 동안에는 밖에 나가 있는다.

이오아눌라는 청소 도구에 민감하다. 나는 그 점을 높이 산다. 예를 들어 빗자루와 대걸레는 제일 좋은 것으로 사야 하고 언제나 쓸 수 있게 밖에 꺼내 놓아야지 곰팡내 나는 어두컴컴한 장롱 속에 넣어 두면 안 된다. 나는 그녀에 대한 존경의 표시로 새 빗자루와 새 대걸레를 벽난로 위에 걸어 둘까 생각도 했다. 이오아눌라가 우겨서 신발 끈까지 빨아들인다는 강력한 빨간색 진공청소기도 샀다. 정작 나는 사용 금지 당했다.

나는 또 모든 침구, 수건, 작은 깔개들을 일주일에 한 번 신선한 공기 아래 두어야 한다는 이오아눌라의 주장에 동의한다. 5월 크레타의 태양 아래 말린 침대보와 베개에 누우면 금방 달콤한 꿈속으로 빠져든다. 다만 한 가지, 이오아눌라는 침대보를 해군 하사의 마음에 들 정도로 팽팽하게 당겨 놓기 때문에 나는 침대보를 느슨하게 만든 뒤에 잔다.

이오아눌라가 일주일에 두 번 오는 때도 있다. 깨끗하게 해 놓은 집을 다시 지저분하게 만드는 손님이 왔을 때이다. 이번 주에는 빨간 비가 왔다. 북아프리카에서 온 비가 리비아 사막의 모래를 집어 들고 와서 크레타 전역에 모래와 비를 같이 뿌린 결과, 온통 빨건 진흙이 얇게 쌓였다. 차가 충돌하는 소리를 듣고 곧장 달려오는 구급차처럼, 이오아눌라는 위급 사태에 직면한 내가 어찌할 바를 모르리라 생각하고 달려왔다.

"아프리카!" 이오아눌라는 사방으로 손을 휘휘 저으며 언덕을 올라오는 길에 이렇게 소리쳤다. 그리고 집 안의 작디작은 먼지 하나까지 진공청소기로 빨아들이고 그뿐 아니라 호스를 끌고 와 중앙 홀 천장을 청소하고 치자나무 잎까지 윤이 나게 닦았다. 그것이 어제였다. 오늘은 보통 때 하던 청소를 하러 또 왔다.

이오아눌라는 내가 그리스어를 안다고 생각한다. 때로는 이해한다. 하지만 빨리 말하면 나는 그저 웃으며 "네, 네, 그렇게 하세요."라고 동의한다.

무엇에 동의했는지는 신만이 아신다. 내가 이해 못한다는 사실을 알고 내 대답에 상관없이 그냥 형식적으로 물어본 것은 아닐까 하는 생각도 든다.

이오아눌라는 나를 뭘 잘 못하는 사람 혹은 서투른 사람처럼 대한다. 나는 남자이고 그것도 미국 남자이니 그럴 만도 하다. 살림에 대해 내가 뭘 알겠는가?

하지만 이오아눌라의 생각과는 달리 나도 원래 정리 정돈을 좋아하고 미적 감각도 있는 사람이다. 나는 집 안 곳곳에 꽃과 과일이 널려 있는 것이 좋다. 해변에서 가지고 온 돌을 올리브나무 그릇 속에 넣어 두는 것이 좋다. 눈에 보이는 곳에 책이 있어서 언제든 집을 수 있는 것이 좋다. 원고지와 펜이 책상 위에 있어서 언제든 쓸 수 있는 것이 좋다. 신발은 색깔별로 문 옆에 널어 놓는 것이 좋다. 그것이 내 방식이다.

무적의 이오아눌라의 방식은 달랐다.

그녀가 왔다 간 뒤에 보면 꽃은 꽃병에 꽂혀 있고 과일은 냉장고에 들어가 있다. 해변에서 가져온 쓰레기는 뒤쪽 현관으로 옮겨져 있다. 책은 책장에 꽂혀 있다. 책상 위에 널렸던

종이는 모두 깔끔하게 한곳에 쌓여 있다. 볼펜과 연필은 책상 서랍에 들어가 있다. 신발은 색깔에 따라서가 아니라 무게에 따라 정리되어 있다.

우리는 이 문제에 대해서는 타협을 보지 못했다. 끝까지 자기 방식대로 나가면 거기서 내가 뭔가 배우겠지 하는 생각인 것 같다. 한 가지 생각밖에 못하는 나와 고집 센 이오아눌라 사이의 힘겨루기는 몇 년 동안이나 계속되고 있으며 해결될 기미가 보이지 않는다.

나는 서너 번 이오아눌라에게 의도적으로 돈을 더 준 적이 있다. 내가 요구한 것보다 더 많은 일을 해주었기 때문이다. 그녀는 그 돈을 받았다. 그런데 그다음에 올 때 받은 돈보다 더 비싼 선물을 사 가지고 왔다.

이오아눌라의 이런 습관 때문에 나는 요즘 스카치를 마신다. 한번은 부활절 선물로 이오아눌라에게 20유로를 더 줬더니 다음 주에 22유로짜리 스카치를 사 가지고 왔다. 나같이 세련된 신사는 스카치를 마시리라고 생각했던 것이다. 나는 스카치를 싫어한다. 그녀는 내가 선물을 좋아하는지 좋아하지 않는지 병을 살펴본다. 그래서 나는 매주 일을 마치고 갈 때면 고마움의 표시로 얼음에 스카치를 부어 마신다.

물론 알고 있다. 이오아눌라가 청소하는 동안 외출을 할 수도 있다. 그러나 네 시간 만에 집을 싹 바꿔 놓는 놀라운 솜씨를 볼 기회를 놓치게 된다. 그리고 작별 인사 의식도 놓치고 말 것이다.

이오아눌라는 일이 끝나면 집을 둘러보며 숨을 크게 내쉰 뒤 "말레스타."라고 말한다. '자, 이제 내가 할 수 있는 일은 다 했어요.' 하는 뜻이다. 이오아눌라는 부엌문에 앞치마를 걸어 놓고 내 쪽으로 온다. 그리고 조용히 나를 바라본다. 어린아이가 보듯이. 자신을 의식하지 않고 자신이 보는 것에만 집중하며. "말레스타." 다시 한번 숨을 크게 내쉬며 말한다. 그리고 애정과 연민과 축복이 섞인 미소를 지으며 내 얼굴을 톡톡 두드리고 윙크하고 집으로 간다.

이 세상에서 누군가 진정으로 나를 축복해 준다는 느낌을 받는 때는 그리 흔하지 않다. 그러나 무적의 이오아눌라가 작별 인사를 할 때면 나는 축복받는다는 느낌이 든다. 이 축복의 의식이 그날의 마지막 청소이다. 그녀는 내 마음의 표면에 달라붙어 있는 아둔함을 윤이 나게 닦아 주어야 한다는 것을 아는 듯하다. 그리고 윙크는 다음 주에 광 내는 일을 해주겠다는 표시다.

2주 후

나는 기진맥진 만족한 상태에서 이 글을 쓴다. 오늘 아침 무적의 이오아눌라가 왔다 갔다. 보통 이오아눌라가 청소하는 동안 나는 현관 베란다에 나가 앉아 있지만, 오늘은 아니었다. 이오아눌라는 아침 일찍 원기충천해서 와서는 카네이션 한 다발을 내밀며 오늘이 메갈로라고, 즉 대청소의 날이라고 했다. 그달의 마지막 청소 날 아니면 잘 알려지지 않은 성인의 날 혹은 죽음의 날 바로 다음 날, 혹은 성령강림절 전 토요일이거나 집에 있는 귀신을 쫓아내야 하기 때문이거나.

'왜'는 분명하지 않았다 그러나 '무엇'은 분명했다.

이날은 침대만 빼고 의자, 탁자, 깔개 등 집 안에 있는 모든 물건을 밖으로 내놓는다. 이오아눌라가 나를 약하지만 의지가 있는 일꾼이라고 생각해서 나도 일을 거들어야 했다. 고용주와 고용인 사이의 구분은 모호해졌다. 일은 내 속도로가 아니라 이오아눌라의 속도로 진행되었다. 나에게는 크레타식 에어로빅 같았다. 올라갔다 내려갔다 들어갔다 나갔다…….

다음에는 진공청소기로 집 안의 먼지를 빨아들이고 타일에 비누칠을 해서 문지르고 헹구고 걸레로 닦았다. 심지어 호스를 안으로 끌고 와서 홀의 벽을 씻었다. 배수구가 있어서 다행이었다. 바닥이 마르는 동안 무적의 이오아눌라는 진공청소기를 밖으로 가지고 나가 창틀과 문의 먼지를 모두 빨아들였다. 지금 나는 진공청소기 속으로 빨려 들어가지 않기 위해 멀찍이 뒤뜰에 나와 있다.

소란스러운 청소가 계속되는 내내 나는 기분이 좋았다. 왜냐하면 일이 끝났을 때 저 친절한 여인에게 줄 깜짝 선물을 준비해 두고 있었기 때문이다. 냉장고에 기적의 라키 훌주마키스가 있다!

라키 훌주마키스가 무엇인지 간단히 설명하자면, 늦가을 지중해 나라들에서는 포도를 으깨고 마지막에 통에 남는 포도즙, 머스트를 발효시키고 증류한다. 그러면 순수하고 맑은 비

숙성 알코올이 만들어진다. 이탈리아에서는 이것을 그라파라고 부르고, 터키에서는 라키라고 부른다. 크레타에서는 치쿠디아라고 부른다. 크레타 사람들은 호의의 뜻으로 이 술을 권한다. 손님이 올 때 조금 주고, 갈 때 조금 준다.

이 불같은 포도 소주는 정신을 맑게 해주고 운전할 때도 졸지 않고 깨어 있게 해준다. 여기에 향을 첨가하는 나라도 많지만 크레타 사람들은 그냥 마신다. 나는 이 술을 좋아하지도 않고 또 많이 마시지도 않지만, 크레타 사람들은 손님에게 잘 권하고 손님은 거절하지 않는다. 치쿠디아에 향을 첨가하면 라키가 된다. 크레타식은 아니다.

그러나 기적의 라키 훌주마키스는 다르다. 나는 투명한 1리터짜리 병에 치쿠디아 반을 담고, 아토스산의 수도원에서 가져온 약수로 나머지 반을 채웠다. 그리고 스파키아의 골짜기에서 만들어진 야생 꿀을 조금 섞고 저었다. 마지막으로 신선한 민트 잎을 으깨서 코르크 주위에 대고 문질렀다. 그다음 흔들어서 잘 섞었다. 그리하여 라키 훌주마키스가 탄생했다. 색은 여름날 태양의 색과 같았고 냄새는 '나를 어서 마셔 줘, 마셔 줘.' 하고 속삭이는 듯했다. 아주 차가워지게 냉장고에 넣어 두었다.

집 정리까지 다 마치자 이오아눌라는 "말레스타, 말레스타." 하고 말하며 나에게로 왔다. 나는 이오아눌라를 부엌으로 데리고 갔다. 그리고 노란빛의 차가운 병을 꺼내서 작은 양주잔 두 개에 반씩 채운 다음 이오아눌라에게 하나 주고 내가 하나 가졌다. "라키 훌주마키스예요." 내가 말했다.

이오아눌라는 미심쩍어하며 한 모금 마셨다. 그러더니 꿀꺽 마시고 한 잔 더 달라는 표시로 빈 잔을 내밀었다. 이오아눌라의 얼굴에 비친 미소를 보니 그날의 땀과 노동이 기쁘게 느껴졌다. 나는 눈을 찡긋했다. 이오아눌라도 눈을 찡긋했다. 우리는 한 잔 더 마셨다. 이오아눌라는 내가 좋은 생각을 해내서 기특하다는 듯이 내 뺨을 톡톡 두드리고 집으로 갔다.

술을 한 모금 마신 후 이오아눌라의 얼굴에 퍼지던 미소를 나는 소중히 간직하고 있다. 무적의 이오아눌라에게 그런 평가를 받으니 초등학교 때 행실이 바르다는 이유로 좋아하는 선생님에게 금빛 별 모양 배지를 받던 때가 생각났다.

무적의 이오아눌라는 오늘 오후 작별 인사를 하러 다시 왔다. 나는 미국으로 떠난다. 그리고 몇 달간 돌아오지 않는다. 이오아눌라는 남편이 죽고 힘든 시기를 보내고 있다. 내가 미국에 가면 이오아눌라의 수입이 줄어든다.

그런데도 이오아눌라는 작별 인사를 제대로 해야 한다고 생각해서 선물을 가지고 왔다. 은과 호박 구슬로 만든 콤볼로이라는 전통 염주였다. 이오아눌라에게는 무척 비싼 물건이었다. 내가 항의하자 이오아눌라는 "괜찮아요." 하고 말했다. 이오아눌라는 진짜로 그렇게 생각했다. 이오아눌라는 자신의 가슴에 손을 댔다가 내 가슴에 그 손을 댔다. '크레타식으로 마음에서 마음으로.' 이런 뜻이었다.

"말레스타." 이오아눌라가 말했다. 그리고 마지막으로 내 얼굴을 톡톡 두드리고 집으로 갔다. 나는 말을 할 수가 없었다. 얼마 되지 않는 내 그리스어 실력으로는 지금 여러분에게 하는 이 말을 할 수가 없었다.

나는 생각한다. 아니, 알고 있다. 이오아눌라는 자신의 사람됨 그 자체로써 그리고 필요한 일을 제대로 함으로써 내 삶에 얼마나 큰 인상을 남겼는지 모를 것이다. 또 내가 이렇게 여러분에게 이오아눌라 이야기를 하는 것이나 그녀를 수호천사처럼 생각하는 것을 이상하게 여길 것이다.

내가 왜 여기 크레타에서 행복해하고 만족해하는지 궁금하다면, 무적의 이오아눌라가 어떤 역할을 했는지 모르고서는 완전히 이해되지 않을 것이다. 그녀에게 축복이 있기를.

메뚜기 정신

덥고 눅눅한 크레타의 8월 오후. 나는 베란다 구석에 걸쳐진 작은 그늘에 멍하니 쭈그려 앉아 있다. 갑자기 어디선가 커다란 노란 메뚜기가 날아와 내 앞에 있는 벽에 앉았다. 메뚜기가 착륙한 그 부분만 햇빛에 반짝였기 때문에, 마치 서커스 광대가 갑자기 무대 위의 동그란 스포트라이트 속으로 날아든 것 같았다. 짜잔!

메뚜기는 다시 뛰어올랐다. 자기 몸의 스무 배가 넘는 길이, 자기 키의 열 배가 넘는 높이를 훌쩍 뛰어서 갔다. 짜잔!

놀랍다. 박수를 치고 싶다. 높이뛰기를 정말 잘한다.

그렇게 뛰어오르면 기분이 어떨지 궁금하다. 내 키 정도인 사람이 저 메뚜기처럼 뛰어오른다면 길이 36미터 정도에 최고 높이는 18미터 정도가 될 것이다. 5층 건물을 뛰어넘는 것과 같다. 짜잔!

내가 저렇게 뛰어오를 수 있다고 해도 하기 전에는 아주 신중하게 생각해 볼 것이다. 아마 한 번으로 족할 것 같다. 사실 뛸 수는 있을 것 같다. 절벽에서 뛰어내린다고 생각하면 된다. 5층짜리 건물 높이 정도다. 식은 죽 먹기다. 뛰기는 쉽다.

걱정되는 것은 내려오기, 착륙이다.

내 앞의 이 메뚜기한테도 첫 경험이 있었을 텐데 어땠을지 궁금하다. 어떤 메뚜기는 날 줄도 안다. 내 눈 앞에 있는 메뚜기가 그런지는 잘 모르겠으나 나는 날 수 있는 부류였으면 좋겠다.

나는 처음 도약을 하는 메뚜기가 갑자기 날아오르고픈 강력한 충동을 느끼는 장면을 상상해 본다. "날아! 와우. 진짜 공중에 있네. 와우. 나 이제 날 수 있어!" 메뚜기는 너무너무 기뻤을 것이다. 아주 잠깐은. 메뚜기들 중에는 곧 땅으로 곤두박질치거나 머리를 박으며 착륙하거나 너무 흥분해서 날개를 펄럭이는 일을 잊어버린 녀석도 있을 것이다.

아마 나도 그들 중 하나일 것이다.

나는 내 앞에 있는 메뚜기가 놀랍다. 뛰어오르기만 잘하는 것이 아니라 내려오는 것도 잘한다. 착륙도 잘한다. 그것이 바로 도약하며 앞으로 나가는 비법이다. 가볍게 내려오는 것. 착륙을 잘하는 것.

고등학교를 졸업하던 날, 아버지는 내가 무엇을 원하는지 알기에는 아직 어린 나이니까 서둘러 결정하지 말라고 하셨다. 아버지는 성공한 인생이란 지금 무엇을 원하는지, 지금 얼마나 멀리 뛰었는지 혹은 얼마나 높이 올라갔는지에 상관없이, 마지막에 자신이 가진 것을 좋아하는지에 달려 있다고 하셨다. 목표는 마지막 순간 내가 가진 것에 만족하는 것이다. 성공적으로 내려오는 것이 인생의 마지막 시험이다. 메뚜기는 동의할 것 같다.

지금부터 50년 후 내 손자들이 오래전에 하늘나라로 간 할아버지에 대해 이렇게 말했으면 한다.

"할아버지는 높이 올라갔고 멀리 뛰었고 잘 내려오셨지."

예뻐요

내일은 크레타를 떠나 시애틀로 가는 날이다.

이 글을 쓰는 지금 아직 크레타에 있지만, 벌써 크레타가 그립다.

텍사스 평원 출신인 내가 지중해 한가운데 있는 그리스 섬의 사람들과 문화와 친해지다니 참 묘한 일이다. 논리적으로 설명할 수가 없다.

일시적이고 얕고 혼란스러울 때가 많은 나의 21세기를 살면서 옛 전통이 스며 있는 뿌리 깊은 장소, 외부 사람을 거리낌 없이 환영하고 받아들이는 뿌리 깊은 사람들과 연결되기를 갈망했기 때문이 아닌가 싶다.

이렇게 먼 크레타에 와서 그것을 찾다니 얼마나 놀라운 일인가. 마침내 발견했을 때 내가 알아차렸다니 얼마나 놀라운 일인가. 나는 운이 좋은 사람이다.

우리 집에서는 작은 만 너머로 2000년 넘게 세계에서 가장 오래된 올리브나무가 있는 언덕이 보인다. 그곳 사람들은 자기 자신을 돌보는 정성으로 올리브나무를 돌봐 왔다. 그들은 나 같은 외국인을 받아들일 줄 아는 관대한 사람들이다. 나무를 보러 갈 때마다 나는 먹을 것이나 마실 것, 올리브유나 비누를 선물로 받는다. 그리고 늘 "신이 함께하시기를." 하는 축복을 받는다.

크레타 문화에는 의식이 많다. 나도 크레타를 떠나는 의식을 하는데, 그것은 바로 마을의 이발사 지미에게 가는 것이다. 지미의 이발소는 주유소와 타이어 수리 공장 사이에 박혀 있는, 의자가 하나뿐인 아주 작은 가게이다. 간판도 없다. 그래도 모두들 그가 어디에 있는지 무슨 일을 하는지 알고 있다. 가게에 있는 것이라곤 시멘트 바닥에 의자 하나, 벤치 하나, 거울 하나, 이발사 한 명, 얼마 안 되는 이발 기구가 전부다. 잡지도 없고 화분도 없고 음악도 없다. 안에는 구식 라벤더 머릿기름과 베이비파우더 냄새가 난다. 살롱의 화려함이라고는 전혀 없다. 그러나 지미는 빠르고 친절하고 싸다. 그가 머리를 잘라 주면 세 달은 간다.

지미는 작고 에너지 넘치고 마음 좋은 70대 남자로, 머리를 자르면서 노래를 한다. 지미는 이발사 작업복 대신 정육점에서 입는 흰 옷을 입고 일한다. 왜? 더 싸고 오래가니까. 게다가 한때 정육점에서 일을 했는데 이발사가 되기로 결심하고 보니 그 옷이 아직 멀쩡해서 쓸모 있게 보였다. 사람들이 머리 자르러 오지 옷을 보러 오는 것은 아니지 않는가.

지미는 젊었을 때 크레타를 떠나 호주에 가서 양털 자르는 일을 했다. 그 후 계속 호주에 남아서 25년 동안 호주 군대에서 이발사 일을 했다. 그는 한 가지 스타일로만 자른다. 양이나 사람이나 똑같다. 지미가 머리를 자르고 나면 머리카락이 짧아질 뿐만 아니라 두상도 약간 작아 보인다.

그러나 활력 넘치는 이 사람을 만나고 나면 내 마음은 더 커진다. 지미의 호주식 영어와 내 미국식 그리스어로 이야기하다 보면 웃느라고 대화가 안 될 정도다. 그는 항상 활기가 넘치고 낙관적이고 열정적이다. 그렇지 않은 모습을 본 적이 없다.

사실 지미의 이발소에 가는 것은 머리를 자르기 위해서 뿐만 아니라 바로 이런 기분을 느끼고 싶기 때문이다. 그는 머리를 다 자르고 나면 라벤더 화장수와 베이비파우더를 듬뿍 발라 주고 부드러운 솔로 머리카락을 턴 다음, 거울을 보여 주고 내 머리와 수염을 만지며 이렇게 말한다. "예에뻐요! 예에뻐요!"

그 말을 들으면 사실 외모가 그렇게 보이지는 않아도 기분은 그렇다.

내가 이 섬과 섬사람들에 대해 감상적인 점은 사과한다. 물론 크레타에도 보기 흉한 장소가 있다. 그리고 세상 어디에서와 마찬가지로 사악한 사람들, 바보 같은 사람들, 고집 센 사람들이 있다.

나는 여기 사는 사람이 아니고 왔다가 가는 사람, 영원한 이방인이다. 주제넘게 매일매일 일어나는 모든 일을 이해하려고 하지는 않는다.

그러나 나는 그들의 말을 빌리자면 23년간 '내 손톱 아래 크레타 흙을 묻히고 다녔다.' 나는 이제 인생은 자신이 찾는 것만 보이고 기꺼이 받아들이고자 하는 것만 얻게 된다는 사실을 알 만큼 나이가 들었다. 그리고 사람은 같이 있는 것이 좋은 상대방과 한 부류가 된다. 그들도 당신을 소중히 여길 것이므로.

제한적이고 서투르기도 하지만, 마음 깊은 곳에서 나는 이렇게 말할 수 있다. 또 그렇게 느낀다.

"나는 크레타 사람이다."

"예에뻐요!"

Part 4

나는 아마추어의 세상에서 산다

교차로 IV

이제부터 하는 이야기는 어떤 특정한 장소를 배경으로 하지 않는다. 한 곳에서 아이디어를 얻어 다른 곳으로 가져가고 또 제3의 장소로 가져가서 고쳐 쓴 이야기들이다. 크레타에서 시작된 이야기가 시애틀에 갔다가 모아브에서 끝맺기도 했다. 여러 친구들에게 이야기하는 과정을 통해 걸러지기도 했다.

가끔 나는 내가 포도주 만드는 사람과 비슷하다고 생각한다. 나는 글자로 포도주를 만드는 사람이다.

포도주를 만들기 위해서는 먼저 땅이 있고 거기에 포도를 심고 가꾸고 수확해서 포도를 으깬 다음, 다른 곳으로 가져가 통에 넣고 발효시킨다. 어떤 포도주는 배에 실려 오랜 여행을 하며 질이 좋아진다. 그리고 마지막 도착지에서 병에 담긴다.

포도주가 원래의 목적대로 우리 식탁에서 소비되기까지는 많은 사람의 손과 마음을 거친다.

내 글도 마찬가지로 많은 사람이 영향을 미치고 있다. 가족, 친구, 편집자 모두 창조적인 무엇인가를 하나씩 보탠다. 그러나 이 과정을 마지막으로 완성하는 사람은 바로 독자들이다.

친구가 자신의 친구에게 내가 쓴 이야기를 해주는 것을 들을 때마다 나는 이 점을 절실히 느낀다. 이 과정을 통해 항상 새롭고 더 풍요롭고 더 나은 이야기가 나온다.

나는 여러분과 함께 있다고 상상하면 큰 기쁨을 느낀다. 여러분에게 내 목록에 있는 질문을 얼마나 하고 싶은지 모른다.

안경 쓴 아이의 미친 농구

우리는 그를 '코치 프라이스'라고 불렀다. 진짜 이름이 따로 있었지만 중학교 체육 감독은 영원히 '코치'이다. 그는 팀 매니저에 팀의 의사, 버스 운전사, 심판이자 열한 살에서 열세 살까지 사춘기를 맞은 사내아이들의 엄마 아빠 역할까지 했다. 프라이스 씨가 코치이긴 했지만 팀을 이끄는 것은 호르몬이었다.

어느 해, 코치는 오랜만에 가망 있어 보이는 농구 팀을 확보하게 되었다. 키, 체력, 지력 면에서 가능성 있는 플레이를 할 만한 8학년 소년 다섯 명이 들어온 것이다. 지금이 아니면 안 됐다. 7학년 아이들은 아직 작아서 농구 코트에서 유용하게 쓰이려면 멀었기 때문이다.

그리고 '그 아이'가 있었다. 선수들 중에서 가장 나이가 어렸고, 사춘기를 보내고 있어서 산만하고, 안경을 쓰지 않으면 거의 앞이 안 보였다. 아이의 두꺼운 렌즈 속을 들여다보는 것은 마치 어항 속 금붕어를 보는 것과 같았다. 아이는 안경 없이는 골대도 공도 자기 팀과 상대 팀 선수도 거의 보이지 않았다.

그러나 아이에게는 장점도 있었다. 우선 농구를 하려는 마음가짐이 강했다. 또 작고 빨랐다. 그리고 드리블하면서 달려갈 때는 예측을 불허했다. 게다가 공을 잡으면 놓지 않았다. 어느 팀 차례든 어느 누구에게도 공을 넘기려 하지 않았다.

부정적인 면을 말하라면 도식적인 관점에서 아이는 보통과 반대로 했다. 한마디로 말해 아이는 코트를 혼란에 빠뜨렸다. 아이는 연습에서조차 한 번도 골을 넣지 못했다. 그러나 상관하지 않았다. 아이는 계속 농구를 하러 왔다.

팀에서 진짜 못하는 아이들이 잘려 나가자 아이는 남게 되었다. 아이는 그만두려고 하지 않았다. 놀랍게도 코치 역시 아이를 자르지 않았다. 생각이 있었다.

하나는, 아이가 그만두면 열 명밖에 남지 않는데 그러면 연습을 할 수가 없다. 그러나 더 중요한 이유는 아이를 비밀 무기로 생각하기 시작했기 때문이다. 아이는 잘 보이지는 않지만 열정적으로 경기를 하기 때문에 코트를 아주 혼란스럽게 만들 수 있었다. 상대 팀이 계속 이길 때 아이를 경기에 투입하면 게임 진행을 중단시킬 수 있었다.

코치는 아이와 팀원들에게 자신의 계획을 친절히 설명해 주었다. 그리고 아이에게 경기에 나가든 나가지 않든 팀에 남으면 선수 번호도 주고 학교 마크가 찍힌 선수복도 주겠다고 약속했다.

"난 네가 필요해. 팀에는 네가 필요해." 코치가 말했다. 더 이상의 말은 필요 없었다.

훈장을 받은 사람이 수류탄을 품고 몸을 날리듯이 아이는 몸을 날려 떨어지는 공을 잡는 등 두 배로 열심히 연습했다. 아이의 농구는 예측 불가능했기 때문에 팀원들은 실전에서 어떤 상황이 벌어질지 예상할 수 없었다. 팀원들은 반은 재미로, 반은 경멸과 존중이 섞인 어투로 아이를 '폭탄'이라고 불렀다.

아이는 연습으로 끝났다. 경기에는 나가지 않았다. 팀은 이 아이 없이도 승리했다.

하지만 아이에게는 코치가 어느 때고 "안경 벗고 들어가서 저 애들을 미치게 만들어라." 하고 주문할지 모른다는 것만으로도 충분했다. 코치가 들어가라고 하면 아이는 검투사처럼 벤치를 박차고 나갔을 것이다. 코치는 상대 팀이 이렇게 단순하고 정신 나간 아이를 상대한 적이 없다는 사실을 알고 있었다. 그래서 생각만 해도 웃음이 났다.

팀은 세 학교를 쓰러뜨리고 시 대회에서 우승했다. 축하연에서 코치는 이 아이가 '가장 귀중한 선수'라고 선언했다.

"넌 경기는 안 뛰었지만 우리를 실망시키지 않았어." 코치가 말했다.

아이는 그 칭찬의 말을 잊지 않았다.

이 아이가 프라이스 코치가 자신의 자리를 찾아 준 유일한 아이는 아닐 것이다. 코치는 패자를 승자로 만드는 재주가 있었다. 팀이 괴짜 선수의 진가를 알아보도록 만드는 재주가 있었다.

이런 강점을 가진 코치였기에 나는 프라이스 코치와 관련해 비슷한 이야기가 또 있을 것이라고 확신한다. 그러나 내가 아는 이야기는 이것뿐이다.

이것은 농구에 대한 이야기가 아니다.

이것은 훌륭한 가르침에 대한 이야기다.

아이를 존중하고 제일 못하는 아이에게도 자리를 찾아 주는 상상력에 대한 이야기이다. 이것은 프라이스 코치에 대한 이야기이다. 그는 이 이야기를 어떻게 전할지 궁금하다.

나는 이 이야기의 효과가 지속되고 있음을 확신한다.

내가 그 아이다.

나는 기억하고 있다.

아이들과
이야기하는 법

텍사스에 있는 친구에게 전화를 했다. 누군가 전화를 받았지만 아무 말이 없었다. 그러다 멀리서 이렇게 말하는 남자의 낮은 목소리가 들렸다.

"계획은 끝났어. 이제 총이 필요해."

다시 아무 말도 없더니 전화가 끊겼다.

뭐라고?

나는 다시 전화를 했다. 상대방은 여느 때처럼 "여보세요?" 하며 전화를 받았다.

"잭, 손자가 근처에 있나?"

"그래."

"몇 살이지?"

"다섯 살."

"그 애가 전화하는 걸 좋아하나?"

"그래, 아주 좋아하지."

"자네 지금 그 애랑 앉아서 텔레비전 드라마 보고 있나?"

"그래."

"방금 전에 화장실에 갔었지?"

"그래."

"좋아. 자네 집에서 살인을 계획 중인 것 같은데."

"뭐라고?"

아쉽게도 그 아이와 다시 통화하지는 못했다. 아이는 하고 싶었겠지만 할아버지가 너무 가까이 있었다. 어른이 옆에 없을 때 전화를 받는 아이들은 말을 아주 잘한다. 들어주면 끝없이 이야기한다.

아이를 바보 같은 어린애가 아니라 진짜 사람이라고 생각하고 대답해 주면 보람 있는 대화가 되기도 한다.

어떤 아이는 자기 침대 밑에 사는 그것에 대해 상세한 설명을 해주었다. 아이가 "무서워요!" 하고 말해서 "그럼, 무섭겠다." 하고 아이 기분을 맞춰 주었다. 그때까지 아무도 그것에 대해 객관적이고 차분하게 말해 보라고 한 적이 없었다. 아이는 내가 진지하게 관심을 가져 주자 고마워했다.

나는 내 침대 밑에 사는 그것에 대해 말해 주었고, 아이는 놀라고 감격해했다. 아이는 내 침대 밑의 그것이 이제는 늙고 느리고 바보 같아졌다는 말을 듣고 마음을 놓았다. "이제는 아무 문제 없어. 그것에 익숙해졌거든. 그리고 그것도 나한테 익숙해졌지."

나는 아이에게 네가 살아 있는 한 그것은 침대 밑에 있겠지만 결코 너를 해치지는 않을 것이라고 설명해 주었다. 사실 그것이 늙고 힘이 약해지면 재미있는 반려동물이 되기도 하고 때로는 다른 방 장롱 뒤 깊숙한 곳, 심지어는 다른 집으로 옮겨 가서 살기도 한다. 네 것이 아닌 장롱을 만지지만 않으면 그것이 너를 귀찮게 하는 일은 없을 것이야.

아이는 안심한 듯했다.

"참, 부모님도 아신단다." 내가 말했다.

"부모님 침대 밑에도 그게 있어요?"

"그럼. 부모님 지금 집에 계시니?"

"아니요."

"그럼 부모님 침대에 가서 봐라."

"네. 부모님께 전화 드리라고 할까요?"

"아니. 나는 풀검이다. 연방 그것 수사관이다. 그냥 확인하는 중이란다. 부모님도 아셔."

"네. 엄마 아빠한테 전화하셨다고 말씀 드릴게요."

"그래, 행운을 빈다. 안녕."

기회 잡기

이번 주말의 주요 사건은 우리 집에서 아름다운 젊은 여자 두 명과 잘생긴 젊은 남자 한 명이 나와 함께 밤을 보낸 것이다. 이들은 모두 투자 전략을 세우고 재정적인 위험을 감수하는 원리를 배우는 데 큰 관심을 가지고 있었다.

조금 덜 추상적으로 말하자면, 사촌 간인 일곱 살짜리 여자아이 두 명과 아홉 살짜리 남자 아이 한 명이 할아버지인 나의 집에서 포커를 배우며 밤을 보냈다. 더 자세히 말하자면 다섯 장으로 하는 카드놀이를 했다.

아이들은 포커에 대해 알고 있었다. 텔레비전에서 보았다. 부모들이 하는 것도 봤고, 사촌 언니 오빠들과 친구들이 하는 것도 보았다. 그러나 운전처럼 포커는 부모에게서 배울 것이 못 된다. 가문의 뜻에 따라 포커를 가르쳐 주는 일은 할아버지의 일이 되었다. 그리고 이 세 아이가 우리 가문에서 포커를 모르는 마지막 세 명이다. 때가 된 것이다.

시작은 조금 어색했다. 우선 지난번에 아이들이 집에 왔을 때 유행성 감기를 옮기고 갔기 때문에 이번에는 아이들에게서 좀 멀리 떨어져 있으려고 했다. 아이들은 게임을 하는 동안에는 아이스크림을 먹을 수 없다는 내 규칙을 못마땅하게 여겼다. 아이들은 또 판돈을 달라고 했다. 기가 막혔다.

"뭐라고?"

극복해야 할 사소한 문제들도 있었다. '할머니' 대신 '퀸'이라고 부르게 하는 것, 카드 위의 얼굴이 모두 같은 방향을 보고 있지 않아도 괜찮다고 설득하는 것, 좋은 카드를 계속 가지고 있고 싶어도 새 판을 시작하기 전에는 모두 내려놓아야 한다는 것을 알려 줘야 했다.

패가 좋은 양 허세를 부려야 한다는 것도 이해시키기 힘들었다. 어떤 때는 좋은 카드가 안 들어왔어도 들어온 척해야 된다고 설명하자 손자가 물었다. "거짓말하는 거 아니에요?" 그래, 어떤 면에서는 그렇지.

"저는 거짓말 잘 못해요." 한 손녀가 말했다. 그러나 곧 이렇게 말했다. "하지만 거짓말하는 거 좋아해요. 늘 하는걸요. 잘 못하는 것뿐이에요." 좋아. 포커 게임에는 늘 서투른 초심자가 필요하지.

첫 번째 희생자가 그만두었다. 자기 돈을 더 잃고 싶지 않다며 빠졌다. "하지만 그건 내 돈이야." 할아버지가 말했다. "이제는 아니에요." 손녀가 말했다.

손녀는 사용하지 않는 포커 칩을 가지고 부엌 탁자에서 가상의 과자 공장을 차리기 시작했다. 두 번째 패자도 거기에 동참했다. 그래서 할아버지와 손자만 남게 되었다. 할아버지는 손자마저 부엌으로 가는 것을 막기 위해 일부러 져주었다.

"남자의 일에 충실해라." 할아버지가 말했다.

손자는 내 의도를 정확히 알아차렸고 얼마 후 할아버지 돈을 다 땄다. 다행히 가상의 과자가 다 구워진 후였다. 손녀들은 손님이 필요했다. 손자가 돈을 다 땄으니 그 애한테 과자를 팔테지. 손자는 할아버지 혼자만 앉혀 두고 과자를 사러 갔다. 결국 나는 6달러 적자였다.

내가 왜 아이들보다 포커를 잘한다고 생각했을까? 젊은 세대가 우리 세대처럼 똑똑할지 왜 걱정할까? 내가 왜 남은 과자

에다 과자 공장마저 사고 과자 부스러기를 청소하는 일까지 도맡게 되었을까? 아이들이 아이스크림과 포커 칩으로 과자를 만들면서 양심의 가책을 전혀 느끼지 못한다는 사실을 내가 왜 알아차리지 못했을까?

할아버지는 이렇게 해서 지혜를 얻게 되었다. 자식들에게 돈을 다 빼앗기고 나서 말이다.

마침내 잘 시간이 되었다. 대부분의 어린아이들처럼 내 손자 손녀들도 무서운 이야기를 좋아한다.

"할아버지 얘기 하나도 안 무서울걸." 아이들이 말했다.

"너희들 내기할까? 얼마 낼래?"

"포커로 딴 돈 전부요."

오, 정말? 그렇다면.

누워서 들어 봐라.

옛날에 눈이 하나밖에 없는 노인이 살았는데, 항상 아이들한테서 놀림을 받았지. 그래서 아이들을 싫어했어. 아이들은 이 노인이 하나밖에 없는 그 눈으로 벽 뒤에 뭐가 있는지 볼 수 있다는 사실을 몰랐지. 그리고 면도칼처럼 날카로운 이가 있는 길고 날씬한 뱀을 기른다는 사실도 몰랐어. 어느 날 밤 노인은 아이들 침실에 뱀을 풀었고 뱀은 눈을 뜨고 있는 아이들을 보자마자 아이들 눈 속으로 들어갔어. 눈 깜짝할 사이에 뱀은 머리 속으로 들어가서 뇌를 먹어 버리고 다른 눈으로 나왔어. 아이들은 소리를 질렀지만 뱀이 아주 빨리 그 목소리까지 먹어치워서 소리는 들리지 않았어. 정말 끔찍하게, 끔찍하게 죽었지.

"진짜예요?"

"어떤 것 같니?"

(침묵)

세 아이는 눈을 꼭 감고 침대 하나에 누워 꼭 달라붙어서 움직이지 않았다. 내 방으로 가는 길에 "눈 뜨지 마!" 하는 소리가 들렸다.

그 돈은 원래 내 돈이었기 때문에 진짜 6달러를 땄다고 할 수는 없다. 하지만 이제 공평하다. 나는 내 돈을 돌려받았고, 아이들은 돈의 가치만큼 이야기를 들었다. 할아버지로서의 위상도 살았다. 아이들은 할아버지에게 또 다른 수단이 있음을 알게 되었다. 나는 나이 들고 어리석을지 모르나 아직 아이들을 무섭게 만들 수는 있다. 심지어 나도 무서웠다. 나는 밤새 눈을 꼭 감고 있었다. 혹시라도 뱀한테 무슨 일을 당할지 모르니까. 굳이 위험을 자초하고 싶지는 않았다.

아이들에게
손전등을 선물하라

할로윈 밤 길거리에는 손전등이 많다. 물론 안전을 위해서이기도 하지만 아이들이 정말로 손전등을 좋아하기 때문이기도 하다.

손전등은 어른의 힘을 처음으로 알려 주는 물건이다. 장난감이지만 또 장난감이 아니다.

손전등은 아이들에게 선물하는 수많은 허접스러운 물건들보다 더 오래 가고 덜 비싸다.

불도 나지 않고 연기도 나지 않고 칼로리도 없다.

오직 빛뿐이다. 어두운 곳을 밝혀 주는 빛뿐이다.

사실 아이들 물건은 아니지만, 아이들을 기쁘게 해주고 싶다면 손전등을 선물해 줘라. 싸구려 손전등이나 겉만 예쁜 그런 것 말고 크고 튼튼한, 고무줄 테가 둘러져 있는 진짜 손전등 말이다.

예비 전구와 배터리도 함께.

그리고 빛으로 할 수 있는 모든 것을 보여 줘라.

그림자놀이. 괴물 얼굴 만들기. 술래잡기.

기억나는가?

여러분의 상상력을 이용하라. 아이들은 아이들의 상상력을 이용할 것이다.

손전등의 목적은 길을 보여 주는 것이다.

의자를 먹는 숙제

흔히 젊었을 때 많이 배워야 한다고들 한다. 그러나 나는 젊은이들이 내가 잘 모르는 것을 알고 있고, 생소한 것을 잘한다고 생각하기 때문에 기회만 되면 젊은이들에게서 배우려고 한다. 한번은 대학생 두 명이 일하러 가는데 늦었다면서 차를 태워 달라고 했다. 여름 방학을 맞아 건축 일을 한다는 것이다. 나는 기꺼이 그들을 태워 주었다. 가는 길에 물었다. "열심히 공부하고 열심히 노는 일 말고 또 뭘 하고 지내나요?"

둘은 마주 보며 씩 웃었다. "의자를 먹고 있어요."

뭐라고?

그랬다. 젊은이들이 다니는 대학교 철학 교수가 독특하고 기억에 남을 만한 것, 위험하거나 어리석은 일 말고 뭔가 창조적이고 독창적이며 유익한 일을 하고 나서 그 경험을 글로 옮기고 그로부터 무엇을 배웠으며 삶의 철학에 어떻게 적용시킬 수 있는지 설명하라는 숙제를 내주었다는 것이다.

그래서 의자를 먹고 있었다.

두 사람은 가구점에서 식탁용 나무 의자를 하나 샀다. 그리고 나무를 가는 줄로 의자를 조금씩 갈아서 아침에는 가루를 시리얼에 섞어 먹고 저녁에는 샐러드에 뿌려 먹고 있다는 것이다. 이제까지 다리 하나와 가로대 두 개, 뒤판 하나를 먹었다고 했다. 꽤 속도가 나고 있다고 했다. 여름 방학이 끝날 때까지 다 먹어 치우지 못하면 도와줄 친구들을 찾아볼 생각이란다.

그들은 나무 가루를 먹는 것이 건강에 해가 되지 않는다는 것도 의사에게 확인했다. 맛도 나쁘지 않았다. 특히 아침에 시나몬 커피에 섞어 먹거나 저녁에 레몬후추에 조금 섞으면 꽤 괜찮았다. 이 과정에서 몇 가지 배운 점도 있다고 했다.

"이를테면 어떤 것?" 내가 물었다.

장기적인 목표는 점진적으로 단계를 거쳐 성취된다는 것, 바보 같아 보이는 일이 여러 가지 사물에 대한 생각을 바꿔 주기도 한다는 것. 예를 들어 둘은 몸매를 가꾸기 위해 일주일에

24킬로미터 정도 호숫가를 돌면서 달리기를 한다고 했다. 한 번은 일주일에 24킬로미터를 직선으로 뛰게 되면 어디까지 갈 수 있을까 하는 의구심이 들었다. 그래서 지도를 구해 뛴 거리를 표시했다. 그랬더니 2, 3주 만에 오리건주 포틀랜드까지 갈 수 있었다. 그게 지겨워지자 이번에는 유럽 지도를 구해서 지금은 빈에서 아테네를 향해 가는 중이란다. 여행 안내서를 보면서 자신들이 가는 길에 볼거리, 할 거리가 무엇이 있는지 체크한다. 이렇게 마음속으로 세계 여행을 하고 있었다.

기뻤다. 학생들은 철학 교수가 놀랄 것이라고 확신했다.

"'저희는 의자를 먹었습니다.'라고 하면 그 멋쟁이 교수가 쓰러질 거예요."

여러분 눈에는 바보스러워 보일지 모르지만 이 젊은이들은 인내와 끈기를 배우고 있었다. 세상에는 한 번에 조금씩 장기적인 목표를 가지고 집중해야만 얻을 수 있는 것들이 있다.

사랑과 우정이 그런 것들 중 하나다. 결혼과 양육도 마찬가지다. 평화와 정의와 사회의 변화도 그렇다. 바보같이 보이지만 의자를 먹는 일을 통해 젊은 대학생 친구들은 지혜를 얻고 더 고귀한 것에 눈뜨게 되었다.

그들의 바보스러움 속에는 가능성의 씨앗이 잠들어 있었다.

나의 목록

나는 마음의 활동에 관한 목록을 하나 가지고 있다. 여행 중 낯선 사람과 마주 앉게 되었을 때 이 목록을 꺼내 본다. 제목은 '대화를 살려 주는 질문들'이다.

칵테일 파티, 리셉션, 포트럭 파티, 지루한 디너 파티, 치과 의사의 대기실에서 사용하기도 한다. 나는 방금 만난 옆 사람에게 이렇게 하는 것이 친해지기까지 걸리는 시간을 최대한 압축적으로 사용하고 피상적인 대화를 넘어설 수 있게 해준다고 설명한다. 때로는 목록을 보여 주고 질문을 고르라고 하기도 하고, 때로는 내가 그냥 한 가지를 골라 질문하기도 한다.

이제 그 목록을 소개한다. 어떤 질문이 있는지 보여 줄 테니 그중 하나를 골라라.

1. 학교나 밖에서 훌륭한 스승을 만난 적이 있는가?
2. 시간이 있다면 무엇을 배우겠는가?
3. 지금 알고 있는 것을 그때도 알았더라면 무엇을 배웠겠는가?
(예를 들어 외국어 같은 것)
4. 무엇인가를 가르쳐 달라는 요청을 받는다면 무엇을 가르치겠는가?
5. 무엇이든 한 가지 가르쳐 달라.
6. 동전, 카드, 표정 비틀기 등 시시한 속임수를 아는 것이 있는가?
7. 역사의 사건에서 증인일 수 있다면 어떤 사건의 증인이고 싶은가?
8. 인간의 역사가 있기 이전의 장소를 볼 수 있다면 어디로 가겠는가?
9. 누구의 벗은 모습을 보고 싶은가?
10. 누구를 존경하는가? 누가 당신을 존경하는가?
11. 자신은 알지만 아무도 묻지 않아서 자발적으로는 결코 말하지 않을 질문이 있는가?
12. 중요한 결정에서 어떤 갈림길이 있었는가? 다른 길을 택했다면 어떻게 되었을까?
13. 1700년 이후 현대사에서 살고 싶은 장소와 시간을 말해 보라.
14. 한 번 이상 읽거나 본 책과 영화는? 왜?

15. 실제로는 없지만 있으면 좋겠다고 생각하는 능력 혹은 재능은 무엇인가?

16. 외모나 정체성을 바꿀 생각을 해본 적이 있는가?

17. 스파이라면 무엇으로 위장하겠는가?

18. 최악의 여름 아르바이트, 최고의 여름 아르바이트는 무엇이었는가?

19. 삶의 마지막을 알 수 있으나 바꾸지는 못한다면, 그래도 알고 싶어 하겠는가? 그렇다면 왜이고 아니라면 이유는 무엇인가?

20. 지난 삶 중 하루나 일주일, 한 달 정도 다시 살 수 있다면 언제를 택하겠는가? 왜 그런가?

21. 첫사랑을 기억하는가?

22. 낯선 사람의 친절을 경험해 본 적이 있는가? 어땠는가?

23. 괴상한 생각을 해본 적이 있는가?

(이 질문에 대해서는 다음에 자세히 이야기하겠다.)

이 목록은 실전에서 검증한 것들이다. 목록은 계속 바뀐다. 효과가 있는지 없는지에 따라 없어지기도 하고 첨가되기도 한다. 100퍼센트 효과가 있지는 않다. 내 면전에서 문을 닫고 들어가 버린 사람들도 있다. 놀 생각이 없는 것이다. 그러나 대부분은 놀라울 정도로 상대방과 깊이 연결되는 경험을 했다. 이 목록에 대한 대답을 하다 보면 전혀 생각하지 못했던 주제로 나아가기도 한다. 나는 한 치의 의심도 없이 이렇게 생각한다.

모든 사람에게는 자신만의 이야기가 있고 요청하면 그 이야기를 해준다.

모든 사람은 내가 모르는 것, 그러나 알고 싶어 하는 것을 알고 있다.

모든 사람은 이 세상의 다른 방으로 가는 문이다.

모든 사람이 영감을 줄 수 있다.

모든 상황에는 기회가 있다.

내 친구 한 명은 모르는 사람을 만나도 손을 흔들고 미소를 짓는다.

그러면 상대방도 반 이상이 손을 흔들고 미소를 짓는다.

아니면 "저를 아시나요?" 하고 묻는다. 그러면 친구는 이렇게 대답한다. "아니요. 하지만 알고 싶으시다면 알 수 있어요."

만남은 짧고 말 없고 희망차다.

물론 이렇게 하면 감수해야 할 것이 있다.

사람들은 당신이 단순하다고 생각할지 모른다.

그것도 좋은 일이다.

헤드라인 뉴스

다음은 신문 자판기에서 본 재해 기사를 읽고 주말에 일기장에 쓴 생각들이다.

죽음과 파괴에 대한 스토아학파의 지혜는 항상 사고 장소에서 얼마나 많이 떨어져 있는가에 비례한다.

비난을 받아야 할 사람은 있다. 모든 사람이 죄를 면제받아서는 안 된다.

두려워하는 미래가 이미 지나간 과거의 일부분이라고 상상하면 현재가 꽤 좋아 보인다.

문제는 '당신이 가진 것이 충분한가?'가 아니라 '당신은 자신이 가진 것에 만족하는가?'이다.

생명을 잃는 방법에는 여러 가지가 있다. 죽음은 그중 한 가지일 뿐이다.

"사망자 수는 계속 늘어날 전망입니다." 사람들은 늘 이렇게 말한다. 그렇다. 나는 이미 알고 있었다. 도처에, 매일, 영원히, 사망자 수는 계속 늘어날 것이다.

얼마나 많은 사람들이 2.5센티미터나 1초 간격으로 죽음과 부상을 피하고 자리를 털고 일어나서 가던 길을 갔는지 알게 된다면 기분이 훨씬 좋아질 것 같다. 나는 알고 싶다. 누가 운이 좋았는지. 총알을 피하고 지옥의 불을 뚫고 살아나 자신이 겪은 이야기를 해주는 사람이 얼마나 되는지 숫자를 알고 싶다. 나도 그들 중 한 명이 될 수 있다는 것을 내가 잊지 않게 해달라.

안다. 그러나 잊지 않게 해달라.

나는 뮌헨, 아테네, 루앙 같은 유럽 도시에 갈 때면 일흔이 넘은 노인들을 유심히 살펴본다. 생존자들이다. 젊었을 때 어떤 일을 겪었을까 생각해 본다. 억압과 점령, 기아, 폭력, 폭탄, 질병, 친구와 가족의 죽음, 사랑의 상실, 생명을 제외하고 모든 것을 잃어버리는 지독한 상실. 그들은 일어나서 계속 살아 나갔다. 사망자 수를 세는 것이 무슨 의미가 있는가?

살아 있는 사람을 세라고 말하고 싶다.

굴복하지 않은 사람들, 부서지지 않은 사람들, 단호한 사람들.

그리고 운이 좋은 사람들.

나도 그중 한 명으로 세어 달라.

사자를 잡을 기회가 없어서 달라진 나의 노후

힌두교에서 삶의 네 번째이자 마지막 단계는 가진 것을 모두 버리고 무소유의 성자가 되어 세상을 떠도는 것이다. 아니면 세상을 등지고 운둔자로 사는 것이다. 달리 말해 나이 들고 세상에 방해가 되면 없어지라는 말이다. 나쁜 생각은 아니지만 내 스타일은 아니다.

아주 우연히 아프리카식을 알게 되었는데 바로 내 스타일이라는 감이 왔다.

어느 날 읽을 책이 없어서 이웃집에 가서 책장을 살펴보던 중 케냐와 탄자니아 국경에 걸쳐 사는 아프리카 부족인 마사이족에 대한 책 한 권을 발견했다. 상세한 글과 그림과 사진이 있는 아주 두꺼운 책이었다. 늦은 밤의 독서였다. 책을 읽고 나는 생각에 잠겼다.

마사이족에게 삶의 마지막 단계는 원로가 되는 것이다. 책에는 이렇게 씌어 있다. "마사이족의 원로는 젊은 사람들의 존경을 받기 때문에 나이 드는 것을 고립이나 두려움과 연관시키지 않고 삶에 계속 참여하는 시간으로 보고 기쁜 마음으로 기다린다." 그래, 좋은 아이디어다.

내가 마사이족의 원로라면 지금쯤 소를 많이 가지고 있을 것이라는 사실도 알게 되었다. 몇 명의 아내가 정기적으로 벽에 신선한 소똥을 발라 비가 새지 않게 만들고 아늑하게 꾸미는 것을 비롯해 모든 집안일을 한다.

나는 정교하게 만들어진 구슬 장식을 걸치고 머리에는 매일 붉은 황토를 칠하고 귀에는 구슬과 뼈로 된 귀걸이를 한다. 어깨에는 검붉은 담요를 걸치고 하의는 빨간색과 흰색의 체크무늬 천을 허리에 두르고 사자 가죽으로 만든 토가를 입는다.

그리고 평화의 신호로 흰 지팡이를 짚고 여유로움의 표시로 누의 꼬리털로 만든 총채를 들고 다닌다. 가끔 특별한 날에는 사자 갈기로 만든 모자를 쓰거나 타조 깃털로 만든 머리 장식을 두른다.

춤을 추거나 잔치를 벌일 때는 존경받는 원로로서 최고의 꿀 맥주와 바비큐의 가장 맛있는 부분을 첫 번째로 먹고, 소를 잡으면 그 뜨거운 피를 첫 번째로 마신다.

저녁이면 동료 원로들과 모여 이야기를 하고 부족의 중요한 문제에 대해 토론을 한다. 젊은이들은 우리가 마사이족의 전설과 가르침을 보존하는 사람임을 알기에 늘 우리 주변에 모여 있다. 원로 중 가장 현명한 사람은 정신적 지도자, 예언자, 의식의 집행자, 치유자의 자질을 모두 가지고 있다. 원로들이 나무 아래에 모여 있으면 사람들은 우리를 보며 자랑스럽게 이렇게 말한다. "저기 저분들 속에 마사이족의 가슴과 영혼이 있어."

힘이 없고 약해지면 대가족과 부족이 영광으로 여기며 나를 돌본다. 그리고 내가 죽으면 빨간 담요에 싸서 마을에서 약간 떨어진 장소로 가져가 야생 동물이 먹도록 그냥 땅에 놓는다. 야단법석 떨지 않는다. 성가신 일도 없다. 고민할 것이 없다.

마사이식이다.

물론 마사이족이 원시적인 미개인이라고 말하는 사람도 있다.

우리 사회에서는 시설에 수용되어 빙고 게임을 하고 텔레비전을 보고 파자마와 낡은 가운을 입고 살면서 유아식을 먹고 단체로 작은 버스를 타고 시내에 가는 그런 삶이 더 문명화된 삶이라고 본다.

젊은 아가씨들이 춤을 출 때 원로라며 제일 앞쪽에 앉으라고 초대하지도 않는다. 타조 깃털 장식이나 뜨거운 피 한 잔도 없다.

삶의 마지막 단계를 지내는 데 관해서는 마사이족이 힌두교도나 우리보다 훨씬 앞서 있다. 나는 마사이족의 원로가 되겠다고 신청해 볼까 한다.

그러나 아쉽게도 먼저 자신의 가치를 증명하기 위해 사자를 죽여야 한다고 한다. 항상 조건이 있는 법이다. 내가 사는 곳 주위에는 사자가 많지 않다. 만약 창을 들고 동물원 주위를 서성거리다가 잡히면……. 안 하는 것이 낫겠다. 잡을 사자가 없어서 마사이식을 따르지 못하니 애통하다. 그러니 나만의 더 나은 방식을 찾아야겠다.

비밀 요원 엑스와 어머니날

나에게 강연을 맡긴 주최 측이 최고급 호텔인 리츠 호텔을 숙소로 정해 주었다. 호텔의 안내 창구에는 예복 같은 옷을 입은 민첩한 두 젊은이가 일을 하고 있었다. 그들은 바다표범처럼 매끄러운 몸매에 아르마니 광고에서 막 나온 듯 잘생긴 얼굴을 하고 있었다. 그리고 내가 무슨 요구를 해도 진지하게 도와줄 자세였다.

그러나 나는 아주 사소한 것이 필요했다. 낡은 손목시계에 달 새 가죽 끈 하나와 새 구두끈이 필요했다. 페라리를 사고 싶다고 했다면 그 젊은이들은 바로 나를 도와줄 수 있었을 것이다. 두바이로 가는 전세 비행기가 필요하다고 했다면 아무 문제 없었을 것이다. 공작을 모시고 식사를 하기 위해 10인용 테이블을 예약해 달라고 했다면 금방 되었을 것이다. 밍크코트를 한 시간 안에 세탁해 달라고 했다면? 물론 되었을 것이다. 오페라 입장권을 사 달라고 했다면 식은 죽 먹기였을 것이다.

그러나 시곗줄이라고? 낡은 시계에 달 시곗줄? 그리고 구두끈?

잠시만 기다려 주십시오. 그는 영어, 이탈리아어, 프랑스어로 여기저기 알아보고 컴퓨터로 찾아보고 롤로덱스 명함 정리기를 찾아보고 전화번호부를 뒤졌다. 그러나 성과가 없었다.

그때 제3의 인물이 다가왔다. 상황을 지켜보던 금발의 젊은 매니저였다. "마르셀." 하고 그녀는 젊은이를 부르며 눈썹을 치켰다. 마르셀이 쳐다보았다. "엑스?" 그녀가 물었다. 마르셀이 "네, 그러죠. 아, 엑스가 있었군요." 하며 고개를 끄덕거렸다. 그는 종이에 몇 마디 써서 그녀에게 주었다. 그러고는 나한테 와서 이렇게 말했다. "잠깐만 기다리십시오, 선생님. 앉아서 기다리십시오."

그동안 그 젊은 여성은 나를 향해 미소를 지으며 전화를 했다. 그리고 뭔가 적더니 그 종이를 마르셀에게 주었다. 마르셀은 내 의자로 와서 종이를 보여 주었다. 종이에는 주소 두 개와 작은 지도가 그려져 있었다.

"찾으시던 물건이 바로 근처에 있습니다. 선생님 대신 사람을 보낼까요? 아니면 약속을 잡아 드릴까요? 차를 불러 드릴까요?" 나를 업고 가달라고 했다면 그렇게라도 했을 것이다. 그러나 날씨가 좋아서 걸어가기로 했다.

새 시곗줄과 구두끈을 얻고 다시 호텔로 돌아왔을 때 안내 창구가 비어 있었다. 그래서 그래도 되겠지 싶어 뒤에 있는 아까 그 젊은 여성에게 가서 물어보았다. "직업 기밀을 캐낼 생각은 없고요. 다만 궁금해서 그러는데, 아까 누구한테 전화해서 물어보신 겁니까? 마르셀한테 엑스라고 하셨는데 그게 무슨 뜻이었나요?"

"다른 사람한테 말씀하시지 않겠다고 약속해 주세요." 그녀가 말했다.

"비밀 지킬게요." 내가 말했다.

"리츠 호텔의 안내 창구에서 어떤 경로로든 알아낼 수 없을 때는 제 어머니한테 전화를 해요."

"아가씨 어머니요?"

"네, 저희 어머니요. 엑스 요원이죠. 어머니는 학교 교사였다가 지금은 은퇴하셨는데 근처에 사시고 이곳 사람들을 전부

아시는 데다 많이 돌아다니세요. 아직까지 어머니를 난처하게 만들어 드린 적은 없어요. 이 일을 하기 전까지는 어머니가 그렇게 많이 알고 계시다는 것을 전혀 몰랐지요. 어머니가 구글이나 야후나 크레이그스 리스트(커뮤니티를 기반으로 한 웹사이트)보다 나아요. 가끔 호텔 측에서 감사하다며 호텔 손님으로 하루 묵으라고 초대도 하곤 해요. 모두들 무슨 일이 있으면 비밀 요원 엑스한테 물어봐요. 한 번도 실망시키지 않으셨죠."

요원 엑스께서 즐거운 어머니날을 보내시길 바란다. 그리고 이 세상 모든 어머니 요원들도.

괴상한 생각들

"괴상한 생각을 해본 적이 있나요?" 의사가 물었다. 1935년 출간된 E. B. 화이트의 책 『길목에서 두 번째 나무』는 이렇게 시작된다. 이 책과 화이트의 『샬럿의 거미줄』은 내가 읽고 또 읽는 고전 문학 서가에 나란히 꽂혀 있다. 화이트는 내가 이웃으로 삼고 싶은 사람 목록에서 아주 높은 순위에 있다.

에세이는 이렇게 계속된다. "그가 막 '네.'라고 말하려는 찰나 그다음 질문에는 대답할 수 없다는 것을 깨달았다. 괴상한 생각, 괴상한 생각? 괴상한 생각을 해봤냐고? 두 살 이래 괴상한 생각 이외에 또 어떤 생각을 했던가?"

내 정신은 가끔 이상한 짓을 한다. 예를 들어 밤에 반쯤 잠이 들어 있는데 초인종 소리가 난다. 딩동. 딩동. 그런데 우리 집에는 초인종이 없다. 그러나 너무 진짜 같은 초인종 소리가 나서 몇 번이고 침대에서 비틀거리며 일어나서 1층으로 내려가 문을 연다. 아무도 없다. 또.

정말 괴상한 것은 이것이다. 나는 누구였을까 생각해 본다. 문 옆의 소파에서 자면 다음 번 초인종이 울릴 때 누구인지 볼 수 있겠지 하는 생각을 한다.

침대로 돌아가는 길에는 음악이 시작된다. 지난 사흘 동안 내 마음속에서는 1978년에 유행한 빌리지 피플의 'Y. M. C. A'가 울려 퍼지고 있다. 오디오를 켜지도 않았는데. 그러니 끌 수도 없다.

어둠 속에서 졸면서 2층으로 올라갈 때면, 내 마음 한 부분이 다른 부분에게 이렇게 중얼거린다. '꺼. 꺼. 끄란 말이야!'

여러분도 그런가?

나만 그렇지 않다는 것을 알고 있다. 아주 정상처럼 보이는 사람들에게도 자기 귀에만 들리는 소리가 있다. 우리는 그것에 익숙해 있고 그것을 걸러 내고 억누르거나 혹은 무시한다. 그에 대해 말한 적은 거의 없다.

가끔 나는 저녁 모임에서 대화를 나누던 중 누군가의 얼굴에 아주 빨리 작은 미소가 번졌다 사라지는 것을 본다. 나는 안다. 방금 그의 내면의 동굴에서 괴상한 생각이 불꽃같이 번쩍였다는 것을.

그러니 물어보는 것이 어떤가? 그렇게 해서 "괴상한 생각을 한 적이 있나요?"가 내 질문 목록에 들어가게 되었다. 일상적인 이야기와 백포도주와 조금씩 먹는 음식이 감각을 둔하게 만들고 눈이 흐릿해지고 기대가 채워지지 않는 시점이 되면 나는 묻는다.

대개 이 질문을 하면 사람들은 깨어난다. "뭐라고요?" 나는 다시 묻는다. 내 괴상한 생각도 말해 주겠다는 약속과 함께. 예외 없이 사람들은 참지 못하고 싱긋 웃는다. 그리고 경주를 시작한다. 몇 가지 예를 들면 다음과 같다.

사람의 살이 어떤 맛일지 궁금해하는 외과 의사.

회의를 주재하며 큰 탁자에 둘러앉아 미팅하는 사람들이 전부 나체라면 어떤 모습일지 상상하는 사장.

지저분한 농담으로 연설을 시작하고픈 충동을 느끼는 목사.

가족의 아침 식사가 될 팬케이크 반죽에 착시 현상을 일으키는 마술 버섯을 넣고 싶어 하는 주부 혹은 어머니.

심술궂은 고객의 집이 홀랑 불타는 상상을 하는 부동산 중개업자.

마돈나처럼 입고 교단에 서는 상상을 하는 학교 선생님.

저녁에 혼자 산책할 때 의회에서 연설하는 상상을 하는 은퇴한 이발사.

성경에서처럼 주님의 천사가 나타나면 어떻게 할지 상상해 보는 여성.

이것들은 얌전하고 해가 되지 않는 상상들이다. 더 못된 것도 있다.

괴상하다.

울리지 않은 초인종 소리를 듣는 내 이야기가 오히려 하찮아 보인다.

물론 사람들은 내가 먼저 나의 괴상한 생각을 말해 주겠다고 하면 나를 더 신뢰한다. 내가 말하면, 그들도 말한다. 주고받는 것은 지루한 상황을 재미있는 음모의 시간으로 바꿔 준다. '정상적'인 것에는 이상한 것도 포함되어 있다. 대부분 숨기고 있을 뿐이다. 어느 정신병 학자는 우리 대부분이 미쳤다고 했다. 정신이 온전하다는 것은 미쳤지만 통제하고 있다는 것을 의미할 뿐이다. 로빈 윌리엄스나 우피 골드버그나 필리스 딜러 같은 코미디언들은 사람들 앞에서 괴상한 생각을 드러내는 것으로 벌어먹고 산다. 우리 안에 미치광이가 있다는 것을 인정하지 않는다면 그들의 말에 웃음을 터뜨리지 않을 것이다.

괴상한 생각을 물어보는 것 때문에 내가 파티에 초대받는 횟수가 줄어들 수도 있다. "그 사람 초대하지 마. 그 사람 괴짜야." 하지만 아닐 수도 있다. 사람은 대부분 내면에 미친 구석이 있다. 괴상한 생각을 해본 적이 있나요? 여러분을 파티에 초대합니다. 여러분 귀에는 어떤 음악이 들리나요?

실례. 그만 멈춰야겠다.

방금 초인종이 울렸다.

빌리지 피플인지도 모르겠다.

동물원 이야기

아주 먼 옛날 그러나 그렇게 먼 옛날은 아닌 때, 어느 여인이 세 가지 소원을 주었다. 나는 놀라지 않았다. 그녀의 행동 하나하나가 마법 같은 분위기를 풍겼기 때문에 나는 그녀를 요정 할머니라고 생각했다. 일요일 아침 체코 프라하 시내에서 나는 세 가지 소원을 받았다.

여인은 정성스럽게 접은 노란색 종이 세 개를 내 손바닥 위에 올려놓고는 이렇게 말했다. "하나를 고르렴. 오늘 우리가 어디에 갈지 거기 적혀 있단다."

나는 하나를 뽑았다. '동물원으로.'

신났다. 우리는 갔다.

프라하 동물원은 독특하다. 2001년 대홍수로 동물들이 많이 떠내려갔기 때문이다. 많은 동물이 실종되거나 죽거나 달아났다. 그러나 살아남은 동물들을 중심으로 새로 동물원을 짓기 시작했다. 새 시설 중 많은 곳에 아직 동물이 없었다.

"걱정하지 마라." 요정 할머니가 말했다. "동물들이 보일 거야. 상상을 하면 돼." 나는 날카로운 이빨을 가진 호랑이, 마스토돈(코끼리와 비슷한 고대 포유류), 유니콘, 사티로스(반인반수의 신화 속 동물), 용을 보았다. 처음으로 익룡도 보았다.

그날 저녁 주머니에 든 것을 꺼내 보니 나머지 두 가지 소원 쪽지가 들어 있었다. 하나를 열어 보았다. '동물원으로.'

세 번째 종이가 무엇인지 벌써 알아차렸을 것이다.

그렇다. '동물원으로.'

요정 할머니는 규칙에 따라 행동한다.

그렇지 않았다면 나는 그 동물들을 보지 못했을 것이다.

남는 이름들

앞으로 이틀 동안 할 일은 주소록을 정리하는 것, 뒤죽박죽인 이름과 숫자를 질서 있게 정리하는 것이다. 작년에도 했고, 재작년에도 했다. 나는 휴대 전화도 블랙베리 피디에이도 없고 글을 쓰는 것 말고는 컴퓨터를 사용하지도 않는다. 작은 검은색 노트가 뚱뚱한 종이 샌드위치가 될 때까지 노트 안에 연필로 휘갈겨 써 놓고 종이 조각과 명함을 끼워 놓는다. 이제는 고무줄로 묶어도 평평해지지 않는다. 정리를 해야 할 때다.

이 종이 더미를 살펴보면서 나는 삶의 많은 부분에서 내가 계획해서 만난 사람들이 아닌, 우연히 왔다가 가는 사람들과 더 많은 관계를 맺어 왔다는 사실을 깨닫는다. 이웃, 사업 파트너, 동료 여행자, 클럽 회원, 상인들.

어떤 이름은 누구인지 모르겠다. 이 사람이 누구지? 왜 이 이름이 여기 있지? 마음속으로 묻는다. 이런 이름은 지워 버려도 된다. 이들은 내 삶의 무대에 아주 잠깐 나타나서 몇 줄 읊다가 내려갔고 다시는 오지 않을 이들이다.

친구와 지인들의 번호와 주소가 바뀔 때마다 새로 써 넣은 것도 새로웠다. 휴대 전화 번호와 팩스 번호, 이메일 주소를 다 써넣다 보니 주소록이 해독 불가능하게 되어 버렸다.(그다음은 무엇이 추가될까? 개인 위성 번호?)

나는 이미 사용한 주소록을 버리지 않는다. 어떤 친구에게 배운 것이다. 그 친구는 주소록을 개인의 역사라고 생각하고 버리지 않는다. 그래서 대학 시절부터 모은 것이 여덟 권이나 된다. 친구는 가끔 주소록을 훑어본다. 그 친구가 말하기를 나는 한 곳에서 잠깐 살고 옮기고 하기 때문에 내가 차지하는 분량이 몇 페이지나 된다고 한다.

내 이름과 숫자가 또 어디에 기록되어 있을지 궁금하다. 주소록을 정리하다가 내 이름을 발견하고는 더 이상 자신의 무대에 나타나지 않을 사람으로 간주하고 없애 버리지는 않는지 궁금하다. "이 사람은 잊어버리자." 하면서.

저녁 식사 모임에 가지 않아서, 옆집이 아니라 한 블록이나 떨어진 곳에 살아서, 학부모 모임에 가지 않아서 비행기나 기차 예약을 변경해서 만날 기회를 갖지 못해 내 주소록에 이름이 등장하지 않은 사람들에 대해 생각해 본다.

친구가 될 수 있었을지도 모르는데 되지 못한.

그들이 그립다.

그들도 나를 그리워할까?

그리고 아무리 생각해도 기묘한 일이 있다. 9쪽에 있는 이 사람은 나의 오랜 친구이고 12쪽에 있는 이 사람도 나의 오랜 친구이다. 그러나 둘은 특별히 친한 사이도 아니고, 아마도 서로의 주소록에 이름도 없을 것이다. 이상하다.

몇 년 동안이나 내 주소록에 이름이 있는 사람들도 있다. 그들은 숫자는 바뀌지만 해가 가도, 어디에 있더라도 여전히 내 삶에서 중요한 역할을 한다. 사실 그렇게 많은 이름은 아니다. 그것도 나이와 장애와 죽음이 목록에서 그들을 지워 버리면서 줄어들고 있다.

어떤 이름은 마음까지 아는 이름들이다. 나는 그들의 전화번호를 외우고 있으며 그들의 이미지는 디지털이 아니라 인간적이다. 나는 그들이 어떤 사람인지 어디에 있는지 왜 거기에 있는지 안다. 내 주소록에서 우선순위를 가려 새로 써야 한다면 그들의 이름과 번호를 제일 먼저 쓸 것이다. 이들과의 추억은 대부분 50년이 넘었다.

이들은 꼭 필요한 친구들이다. 생의 동반자이다. 한밤중에 언제 어디서든 통화할 수 있는 사람들. 슬플 때나 즐거울 때나. 서로를 아주 잘 알기 때문에 내가 누구라고 밝힐 필요도 없다. 한마디만 듣고도 전화 목소리로 누구인지 안다. 항상 대화부터 시작하지도 않는다. 피아니스트인 한 독특한 친구는 음악으로 인사를 대신한다. 나는 늘 그 친구라는 것을 안다.

그리고 시간이 다 되면 마지막에 무덤가에서 고인을 보내는 글을 읽을 사람들이다. 누가 누구의 무덤가에서 추도사를 읽을지는 모르지만, 서로 삶의 역사를 지켜본 증인이라는 사실을 알고 있다. 죽어서든 살아서든 우리는 그 자리에 함께 있을 것이다. 그리고 누구든 마지막으로 말하는 사람은 웃음과 노래와 농담의 즐거움을 빠뜨리지 않을 것이다.

내 작은 주소록의 업데이트는 천천히 이루어지고 있다. 괜찮다. 나는 이름을 보면서 이름과 추억을 연결해 보고 향수에 젖는다. 남은 이름들을 보니 내가 부자이고 운이 좋은 사람임을 깨닫게 된다. 그리고 내가 생각하는 것만큼 내가 혼자가 아니라는 사실도 깨닫게 해준다.

벽돌

이 글은 오랜 친구에게 벽돌 하나를 주면서 써 준 글이다. 이것은 시가 아니라 그저 미덕을 표현한 글이다.

여기 흔히 보는 빨간 벽돌이 있다네.
시애틀 엘리엇베이의 작은 해변에서 발견했지.
7월 15일 아침 여섯 시 사십오 분에
한여름의 우아한 하루가 시작될 무렵
하늘은 맑고 바다는 고요하고 파도는 낮고 기온은 15도.
초록색 중국행 화물 컨테이너가 해안을 지나고 있었지.
깊은 푸른 바다를 향해서.

이 벽돌은 반은 물속에 반은 물 밖에 있었어.

파도가 밀려왔다 나갔다 할 때마다 물에 덮였다가 나왔다가 하면서.

벽돌은 아주 오래된 철이 들어간 진흙으로 만들어졌다네.

땅속에 묻혔다가 땅 위로 나왔지. 어떻게 어디서인지 나는 모르네.

물과 섞고 틀에 넣고 불에 굽고

공사장으로 가서 벽 속에 들어가게 되었지.

거기서 아주 오랫동안 원래의 목적에 맞게 건물을 떠받치며 있었지.

건물이 철거되어 조각조각 흩어질 때까지

그리고 공원을 만들려고 물가로 옮겨지기까지.

소금 바다의 파도는 벽돌을 골라냈지.

내가 벽돌을 찾아 구할 수 있게.

나는 해초와 모래를 씻어 내고

집으로 가지고 왔지.

그리고 책상 위에 올려 두고 친구로 삼았다네.

벽돌은 오래됐고 수없이 비바람을 맞았지만 아직도 튼튼해.

새로 들어가는 공사의 첫 번째 벽돌로 쓸 수도 있어.

그렇게 고상하지는 않지만 문 받침으로도 쓸 수 있어.

나보다 죄를 많이 지은 사람에게 던지는

첫 번째 돌로 쓸 수도 있지.

땅과 물과 불과 먼지와 시간으로 만들어졌기에

꼭 필요한 것이라고 볼 수도 있지.

지금쯤은 혼까지 담고 있지 않을까.

벽돌이 말을 할 수 있다면 멋진 이야기가 많을 텐데.

가끔 나는 벽돌 속에 부처가 들어 있지는 않을까 상상해.

조각가의 눈이 부처를 자유로이 풀어 주리라.

자네처럼 이상이 있는 누군가가.

이 벽돌은 가능성을 기리는 작은 기념탑,

상상에 의해 유익한 것으로 변하기를 기다리는 비료.

지금은 가치가 없지만 귀중한 것이 될 수도 있는 것.

내가 자네에게 이 모든 사실을 말하는 이유는

이 벽돌을 발견했을 때 자네 생각을 했기 때문이야.

그 좋은 날 아침, 자네가 나와 함께 거기 있었더라면 좋았을 텐데.

이 벽돌은 역사를 가지고 있지.

이 벽돌은 많은 일을 겪었어.

우리처럼.

벽돌은 아직 강하고 앞으로도 오랫동안 튼튼할 것이야.

우리의 우정이 그러하듯이.

자네가 이것을 가지고 싶어 하리라는 생각이 들었네.

자네의 변함없는 모습을 보면 나는 언제나 이렇게 말하게 된다네.

"자네야말로 진짜 벽돌이야."

카누 혹은 삶을 젓는 법

내 책상 맨 위 서랍에는 30센티미터의 나무 자가 있다. 1947년 9월 첫째 주부터 이 자는 내 것이었다. 확실하다. 자 뒤에 희미한 연필 글씨로 이렇게 씌어 있다. '바비 풀검. 생어 애비뉴 초등학교 5학년.'

이 자는 60년이 넘는 세월 동안 버리지 않고 남겨 둔 얼마 안 되는 물건 중 하나이다. 그리고 그때처럼 지금도 유용하게 쓰고 있다. 자를 보니 매년 9월 새 학기가 시작되기 직전 학교에서 쓸 문방구를 사던 어린 시절의 즐거움이 떠오른다.

제대로 된 도구를 갖춰 놓으면 그해는 문제없었다. 노란색 연필, 줄이 처진 노트, 링 바인더, 연필 깎기, 지우개, 책, 연습장, 정성스럽게 책을 쌀 갈색 종이. 그리고 금속으로 된 새 도시락.

장비가 갖춰졌으니 준비는 끝이었다. 자신 있었다.

그러나 문방구와 함께 지난해의 성적표가 왔다. 아버지는 "더 잘할 수 있겠는데."라고 하셨다. 5학년이 되었을 때 수학이 더 잘해야 할 과목이 되었다.

나는 자신감을 조금 잃었다.

저학년 언제부터인가 내 마음속에는 숫자에 대한 두려움이 생겼다. 분수 곱셈과 나눗셈이 어려웠지만 나는 잘하는 척했다. 그러나 진짜 잘하지는 못했다. 스스로에 대한 자신감이 지나쳐서 능력이 없다는 사실을 인정하지 못하고 다음에는 더 잘하겠지 생각했다. 그러나 그러지 못했다.

지금 나는 그때 도움을 청하기만 했더라면, 조금만 도움을 받았더라면 그 후에 생긴 내 자아상의 영원한 구멍을 메울 수 있었으리라고 생각한다.

수학을 못한 것이 진짜 문제가 아니었다.

도움을 요청하지 않으려는 자세가 진짜 문제였다.

이것은 노동절 오후 시애틀의 수목원 안에 있는 호숫가를 산책할 때 떠오른 기억이다. 카누 몇 척이 선창가에서 나와 수로로 들어가려 하고 있었다. 카누는 내가 서 있는 작은 다리 아래를 지나가야 했다. 대부분의 카누에는 가족이 타고 있었다. 어머니는 뱃머리에 아이들은 배 중간에 아버지는 뒷부분에. 첫 번째 카누가 다가오고 있었는데 나는 일이 벌어질 듯한 예감이 들었다.

배에 탄 사람들이 능력이 없는 것이 뻔히 보였다. 똑바로 앞으로 가야 하는데 그러지 못했고, 바로잡으려고 흥분해서 방향을 바꾸다 보니 지그재그로 왔다 갔다 했다. 카누가 다리에 이르렀을 쯤에는 절망이 분노로 변했고, 엄마와 아빠 둘 다 명령을 내리려고 했다.

"제길, 마샤 멈춰."

"제길, 찰리. 지금 당신은 자기가 뭘 하는지도 몰라."

"알아. 여름 캠프에서 해봤어."

"하나도 못 배웠군."

"왼쪽!"

"아니야, 오른쪽!"

"왼쪽, 왼쪽, 왼쪽!"

"소리치지 마!"

"그럼 나한테 이래라 저래라 하지 마!"

"뒤로 저어, 뒤로 저어! 뒤로 저어!"

"조심해!"

그리고 그들은 다리에 부딪쳤다.

"바보 같은 자식!"

"그렇게 부르지 마!"

"바보 같잖아. 모두 당신 잘못이야!"

어린 두 딸은 엉엉 울기 시작했다. 아이들은 그만 집에 가고 싶었다. 부모는 호수의 부드러운 파도 위에서 앞뒤로 출렁거리며 화가 머리끝까지 난 채로 앉아 있었다. 맑고 화창한 노동절 오후에! 그때 또 다른 위기의 카누가 다리에 부딪치더니 이들과 부딪혔다.

오! 즐거운 휴일.

그동안 두 대의 다른 카누는 신속히 노를 저어 와서 매끄럽게 다리 밑을 지나갔다. 세 번째 카누가 속도를 늦추고 다리에 부딪친 카누들에게 도움이 필요하냐고 물었다.

"아니에요, 아니에요. 저희가 할 수 있어요."

심지어 카누 경험이 많은 내가 조언을 해주겠다고 하기도 했다.

"아니에요. 괜찮습니다."

나에게 물어볼 의사만 있었더라면, 아주 약간의 정보가 큰 차이를 만들었을 것이다. 이렇게 말해 주었을 텐데.

"뱃머리에서 젓는 사람은 엔진 역할만 합니다. 앞 방향으로만 노를 저으십시오.

뒷머리에서 젓는 사람이 선장이고 이 사람이 모든 결정을 합니다. 명령은 간단하게 하십시오. 노를 저어라, 노를 멈춰라. 방향을 바꿔라. 뒤로 저어라.

뒷머리에서 젓는 사람은 J자 모양으로 뒤로 나갔다가 앞으로 나가는 식으로 저으면서, 아니면 노를 방향타로 사용하면서 방향을 조종합니다.

승객들은 중간에 앉습니다.

아무도 일어서지 않습니다. 그것이 전부이지요. 왜 그렇게 힘들게 사나요?"

다른 사람한테 물어보라고? 절대로!

오늘 나는 배 밖에 다는 모터를 수리하려고 한다. 누가 수리를 잘하는지 안다. 그러나 나도 그 사람만큼 똑똑하다. 맞아. 나 혼자서도 할 수 있다. 맞아. 어려워야 얼마나 어렵겠어? 다른 사람한테 물어보라고? 절대로!

그러나 그의 모터는 작동하고 내 모터는 작동하지 않는다.

잠깐.

아버지의 목소리가 마음속 뒷방에서 울려 퍼졌다. 오래된 울림. '더 잘할 수 있겠구나.' 내려가서 이웃에 사는 전문가에게 맡기기로 했다. 마침내 무지를 인정함으로써 유용한 것을 배울 수 있었다. 모든 일을 그렇게 하면 드디어 올해는 더 잘하는 한 해가 될 수 있을 것이다. 그리고 누가 알겠는가? 그 모터 천재가 수리해 주는 김에 분수 나눗셈도 가르쳐 줄지.

학생이 준비가 되면 선생은 나타난다.

삶의 의미

이 글은 몇 년 전에 썼고 두 번째 책에 실은 글이다. 그사이 이 이야기가 시작된 곳에서 살게 되었으며 이 이야기의 주인공과 더 가까워졌다. 내용을 더 잘 알게 되었기 때문에 이 글을 정확하게 다시 고쳐 쓰기로 했다. 그러나 이야기의 정신은 그대로이다. 이 이야기의 무대는 크레타이지만 주제는 보편적으로 통한다.

"질문 있습니까?"

강의나 긴 모임 다음 항상 하는 질문이다.

강사는 마음을 열고 질문을 기다리는 듯이 보이지만 정말로 질문을 하면 강사도 청중도 당신을 째려볼 것이다. 그러나 질문을 하는 진지한 얼간이는 늘 있는 법이다. 강사는 대개 이미 말한 것을 반복하는 대답을 한다.

정말로 시간이 있고 질문을 하라는데 모두들 침묵하고 있을 때, 나는 종종 가장 중요한 질문을 한다.

"삶의 의미가 무엇입니까?"

왜냐고? 글쎄다. 누군가 좋은 대답을 알고 있을지 모른다. 그렇다면 정말로 놓치고 싶지 않다. 한 번, 딱 한 번 내 질문에 진지한 답을 받은 적이 있다.

나는 그 대답을 아직도 마음속에 간직하고 있다.

먼저 이 이야기가 어디에서 일어났는지 이야기해야 할 것 같다. 장소에는 그곳만의 힘이 있기 때문이다. 크레타섬의 콜림바리 마을 근처 해변에는 그리스 정교회 수도원이 있다. 그 옆에는 수도원에서 기증한 땅 위에 인간에 대한 이해와 평화를 위해 일하는 연구소가 있는데, 특히 독일과 크레타 간의 화해를 목적으로 하고 있다. 제2차 세계 대전의 쓰라린 고통을 생각하면 있음 직하지 않은 일이다.

이 장소는 나치 낙하산 부대가 크레타에 잠입했던 소형 비행장을 내려다보고 있다. 침공 당시 독일군은 구식 총, 부엌칼, 갈퀴, 낫을 든 평범한 크레타인들의 공격을 받았다. 독일의 보복은 끔찍했다. 마을 사람들 모두 히틀러의 최정예 부대를 습격했다는 이유로 줄을 지어 총살을 당했다. 연구소 위에는 그 전투에서 살해된 젊은 그리스인들을 기리는 십자가 기념비가 있다. 주위에는 독일에 대항해 싸우다 죽은 남자와 여자와 아이들의 무덤이 있다. 군인이 아니라 시민들의 무덤이다. 어느 마을이든 마을 광장에는 죽은 이들을 위한 추모비가 있다. 추모비는 잊지 않기 위해 모두가 볼 수 있는 장소에 세워져 있다.

그리고 비행장 위의 언덕에는 해변을 따라 나치 낙하산 부대원들의 묘지가 있다. 크레타인들의 유일한 무기는 증오였다. 그리고 많은 이들이 그 무기를 결코 버리지 않겠다고 맹세했다. 결코. 결코.

이렇게 어두운 역사가 드리워진 이곳에, 증오의 돌이 두껍게 쌓여 있는 이곳에, 전쟁의 상처를 치유하기 위해 만들어진 연구소가 있다는 것은 역설이다. 크레타 정교회 아카데미.

어떻게 이 연구소가 세워지게 되었을까?

그 대답은 알렉산드로스 파파데로스라는 한 남자이다.

철학 박사, 교사, 정치인, 세계 시민 그러나 이 땅의 아들. 그는 전쟁이 끝난 후 대학원을 다니기 위해 독일에 갔다. 그는 독일인과 크레타인이 서로에게 줄 것이 많다고 그리고 서로에게서 배울 것이 많다고 생각하게 되었다. 그는 모범을 만들고 싶었다. 이들이 서로를 용서하고 창조적인 관계를 만들 수 있다면 이 세상 모두 그럴 수 있을 것이다.

파파데로스는 전설적인 주교 이레이나이오스의 지원을 받아 연구소를 세우는 데 성공했다. 공포의 자리에 회의의 장소가 생겼다. 이 연구소는 실제로 두 나라 사이에 생산적인 관계를 만드는 데 중요한 자원이 되었다. 이곳에서 서로에게 베풂으로써 꿈이 현실이 된 것에 대해서는 책을 여러 권 쓸 수도 있다. 지금은 갈등을 다루고 분열 대신 화합을 위한 아이디어를 교환하기 위해 전 세계에서 단체들이 오고 있다.

알렉산드로스 파파데로스. 그를 한 번 보면 힘과 집념의 사람이라는 것이 이해될 것이다. 그에게서는 에너지, 육체적 힘, 용기, 지성, 열정, 활기가 뿜어져 나온다. 그에게 말을 걸고 그의 손을 잡고 악수하고 그의 강연을 듣는 동안 나는 그의 비범한 인간성을 느꼈다. 유명한 사람들 중 가까이서 봤을 때도 기대에 어긋나지 않는 사람은 거의 없다. 그런데 알렉산드로스 파파데로스는 예외였다.

그리스 전역에서 초청된 지식인과 전문가들이 강사가 되어 강의했던 일주일간의 그리스 문화 세미나가 끝나는 날 아침, 마지막 시간이었다. 파파데로스는 방 뒤에 있는 자기 자리에서 일어나 앞으로 걸어왔다. 그리고 창문으로 들어온 밝은 그리스 햇살 속에서 밖을 내다보았다. 그리고 강단으로 돌아왔다. 항상 하는 질문을 했다. "질문 있습니까?"

침묵. 2주일 동안 평생 풀어 나갈 문제가 많이 제기되었다. 그러나 그 순간은 오직 정적뿐이었다.

"질문 없나요?" 파파데로스가 눈으로 방을 훑으며 물었다.

그래서 내가 질문을 했다.

"파파데로스 박사님, 삶의 의미가 무엇입니까?"

어색한 웃음이 퍼졌고 사람들은 나가려고 슬슬 움직였다.

파파데로스가 손을 들어 조용히 시켰다. 그는 오랫동안 나를 바라보았다. 그의 눈은 내가 진지한지 물었고 내 눈을 보고 그렇다는 것을 감지했다.

"질문에 대답하겠습니다."

그는 뒷주머니에서 지갑을 꺼내 동전 크기만 한 아주 작은 둥근 거울을 꺼냈다. 그리고 손가락으로 거울을 잡고 조용하고 생각하는 목소리로 말하기 시작했다.

"제가 어렸을 때는 전쟁 중이었고 우리 집은 아주 가난했습니다. 우리 가족은 멀리 떨어진 산골 마을에 살았어요. 어느 날 길에서 거울 파편을 발견했지요. 독일 오토바이가 그 자리에서 사고가 났던 겁니다. 나는 거울 조각을 다 맞추려고 했어요. 하지만 가능하지 않았죠. 그래서 제일 큰 부분만 간직하기로 했습니다. 이게 바로 그겁니다. 나는 거울 조각을 돌에 대고 갈아서 동그랗게 만들었습니다. 그것을 장난감 삼아 놀기 시작했지요. 거울이 있으면 깊은 구덩이나 좁은 틈, 어두운 벽장이나 벽 뒤처럼 햇빛이 전혀 들지 않는 어두운 곳에도 빛을 보내줄 수 있다는 사실에 매혹되었어요. 나는 빛이 들어오지 않는 곳에 빛을 비춰 주는 놀이를 하게 되었습니다.

나는 늘 이 작은 거울을 갖고 다녔어요. 어른이 되어서도 한가로운 시간마다 거울을 꺼내 놀이를 계속했지요. 어른이 되자 이것이 아이들의 놀이에 지나지 않는 것이 아니라 내가 평생 해야 할 일에 대한 비유임을 이해하게 되었습니다. 나는 내가 빛이 아니라는 것을 알게 되었습니다. 빛, 진리와 이해와 지식의 빛은 저기 다른 곳에 있으며 내 역할은 거울로 어두운 곳에 빛을 비춰 주는 것임을 깨닫게 되었습니다.

나는 거울의 한 부분에 지나지 않습니다. 거울의 전체 모습은 모릅니다. 그러나 내가 가지고 있는 것만으로도 이 세상의 어두운 곳에, 사람의 마음속에 있는 음울한 곳에 빛을 비춰 줄 수 있습니다. 그리고 무엇인가를 변화시킬 수 있습니다. 다른 사람들은 나를 보고 비슷한 일을 할 것입니다. 이것이 나의 인생입니다. 이것이 내 삶의 의미입니다."

그리고 그는 조심스럽게 작은 거울을 잡고 창문으로 들어오는 밝은 햇살을 잡아 그 햇살로 내 얼굴과 책상 위의 내 손을 비췄다.

그해 여름 그리스 문화와 역사에 대해 알게 된 사실 중 많은 것이 기억에서 사라졌다. 그러나 그 작은 거울은 내 마음의 지갑 안에 아직도 간직되어 있다.

그것을 가지고 무엇을 할 수 있는지 안다.

그리고 내 삶을 어떻게 살 수 있는지도 안다.

질문 있습니까?

이 이야기는 글을 읽는 사람들이 입에서 입으로 전해 주면서 세계를 떠돌아다니고 있다. 이 책에서 이 이야기를 다시 소개했으니 앞으로도 계속 돌아다니기를 바란다. 이 이야기의 한 부분은 이 책을 쓰는 동안에 생겼다. 어느 크리스마스 날, 파파데로스 박사가 작은 벨벳 주머니를 주었다. "나 대신 이것을 가지고 있어 주세요." 그가 말했다. 주머니 안에는 그 거울이 들어 있었다.

교차로 V

삶을 글로 쓰기

어느 그리스 기자가 물었다. "글을 쓸 때 따르는 원칙이 있습니까?" 글쎄, 그렇기도 하고 아니기도 하다.

나는 글쓰기 과정을 설명해 달라는 질문을 받으면 슬쩍 피한다. 글쓰기에 대해 나와 있는 많은 책과 강의에 더 보탤 지혜가 없기 때문이다. 사실 나는 글을 쓰는 이유와 방법에 대해 많이 생각한다. 그리고 글쓰기에 대해 나 스스로 세 가지 메모를 적어 참고하고 있다. 이 메모는 글쓰기에 앞서 아이디어를 정리하는 공간인 작업실 벽에 큼지막하게 붙어 있다.

늘 이 메모를 참고하다 보니 시간이 지나면서 메모는 수정되고 확대되었다. 작업실 벽에 붙은 메모를 본 친구들의 제안으로 이것을 여기에 싣는다.

"유용하게 쓰일지도 모르지." 친구들은 말한다.

이 메모는 내가 삶에 대한 글쓰기를 할 때 내 마음의 작업실을 들여다보게 해주는 창문이다.

한번 보시라.

미완성 선언문

창조적인 글쓰기는 일종의 예술이다.

예술가로 사는 것은 삶의 한 방식이지 직업이 아니다.

생계를 유지하기 위해 글을 쓰지 마라. 생을 의미 있게 만들기 위해 글을 써라.

내 삶을 의미 있게 만드는 글을 써라. 그리고 사람들에게 알려라.

가능한 한 넓고 깊고 다양하게 삶을 살고, 그로부터 글을 써라. 하나만 전문으로 하는 것은 곤충들이나 할 일이다.

고독과 사람들과의 교제 둘 다를 이용하라. 고독하지 못하기도 쉽지만 사람들과 어울리지 못하기도 쉽다는 사실을 기억하라.

창조적인 글쓰기는 도덕적이고 사회적인 행위이다. 이 관점을 잃지 마라.

정의, 자비, 사랑, 자유는 신이나 정치인들의 일이 아니라 눈을 뜨고 세상을 보려고 하는, 등을 돌리지 않고 보이는 것을 말하고자 하는 모든 사람들의 일이다.

선이 되어야지 악이 되어서는 안 된다. 무엇이 어떤 것인지 그리고 어느 쪽을 비판해야 할지 모른다면 예술가라고 할 수 없다.

예술가는 쓸모 있는 사람이 되도록 노력해야 한다.

자발적 귀양

미완성 선언문 옆에는 두 번째 종이가 붙어 있다. 나는 글쓰기에 집중하기 위해 유타나 크레타에 가 있거나 혼자 긴 여행을 한다. 다음은 그런 때를 위해 스스로에게 쓴 글이다.

가라. 망명의 벽을 넘어서 도망가라.

천천히 가라. 너의 수레 옆에는 이렇게 씌어 있다. 앞으로!

수레를 직접 끌어라.

가면서 불을 붙일 장작을 모아라.

그러나 저절로 불이 날 수도 있음을 기억해라.

보이지 않는 여행자의 천막에서 살아라.

풍자는 그만둬라. 무료함을 꼭꼭 가둬 두어라.

창백한 세속의 옷은 벗어 버려라.

고뇌는 땅에 못으로 박은 후 납작하게 밟아 버려라.

확실함이라는 죽은 벽돌은 치워 버려라.

점심으로는 불확실성의 빵을 먹어라.

부주의함의 포도주를 가지고 다니면서 많이 마셔라.

노래하라. 춤추라.

잘하는지 신경 쓰는 유일한 청중은 나 자신뿐이다.

열정과 즐거움의 렌즈로 세상을 봐라.

웃음을 일으키는 뮤즈가 되어라.

항상 다음 질문을 해라.

항상 긴 길을 돌아서 가라.

끝없는 절벽이 가까워 오면 두 블록 전에 돌아가라.

계속 가라. 가도 된다.

결코 온 길을 되돌아가지 마라.

계속 가라. 스스로 해라.

계속 가라. 그만두지 마라.

계속 가라. 끝내지 마라.

계속 가라. 성공하라.

방랑자를 위한 지침

마지막은 내가 나에게 주는 허가서이다.

사람들은 말할 것이다. 할 수 있는 여행은 모두 다 했다고.
그러면 말하라. 아직 나 스스로 가보지는 못했다고.
사람들은 주장할 것이다. 할 수 있는 말은 이미 다 했다고.
그러면 말하라. 아직 내 말은 하지 않았다고.
사람들은 말할 것이다. 안 한 일은 이제 없다고.
그러면 대답하라. 내 길은 아직 끝나지 않았다고.
그러나 똑똑히 알고 있어라. 어떤 길을 택하더라도 길은 멀고 험난하다.

두려워하지 마라.

네가 문이다.

네가 문을 지키는 사람이다.

문을 열고 가도 된다. 앞으로 계속 가도 된다.

잘 가라!

아마추어의 즐거움

크리스마스가 다가오자 로켓츠 공연 팀이 찾아왔다. 뉴욕 라디오 시티 뮤직 홀에서 열리는 쇼의 순회공연으로, 긴 다리의 여자들이 한몸이 되어 춤추고 하이 킥을 날리고 과시하듯 걷는 쇼이다. 크리스마스 특별 공연. "꼭 보셔야 됩니다!"

호화롭다는 말이 어울릴 것 같다. 그해 겨울에는 더 호화로운 것들도 많았다. 대규모 사무라이 영화, 대작 '반지의 제왕', 대학 축구 특집, 화려한 텔레비전 특집물.

모두 화려하다. 모두 특집이고 대작이다!

그러나 나는 크리스마스에 과도한 자극을 원치 않는다.

절제 있는 즐거움이면 충분하다. 아마추어의 즐거움.

문득 크레타섬의 어느 작은 마을에 사는 그리스 친구와 나누던 대화가 생각났다. 나는 왜 그리스인들은 크리스마스를 소박하게 지내고 부활절에 올인 하느냐고 물었다. 그의 대답은 12월 25일은 한 사람의 생일에 지나지 않는다는 것이었다. 생일은 누구나 있다. 반면 부활절은 죽음으로부터의 부활을 의미하며 놀라운 일이다. 그것이야말로 화려한 일이다. 그것이야말로 대작이다.

게다가 12월 말이면 크레타섬은 관광객이 물밀듯이 다녀간 다음인 데다가 사람들은 올리브와 오렌지 추수로 지치고 힘든 상태이며 첫 겨울 폭풍이 몰아친 후이다. 비바람이 치는 데 밖에 나가서 바비큐를 해 먹고 춤출 사람은 없다. 대신 교회에 가서 조용하게 예배를 드리고 고요한 밤 집으로 걸어와 수프와 빵을 먹고 가족들과 난로 옆에 모여 앉아 옛날 노래를 부르고 잠자리에 든다. 그것뿐이다.

아마추어들은 그렇게 한다.

이쯤 되면 내가 왜 로켓츠 공연을 보거나 교향곡을 듣거나 대형 스크린으로 폭발 장면을 볼 수 있는 12월의 토요일 밤에 다른 장소를 찾았는지 이유를 알 것이다.

나는 근처에 있는 작은 루터 교회에 가서 헌신적인 아마추어들이 가슴으로 부르는 성가를 들었다. 쉬는 시간에는 여자들이 집에서 구워 온 과자를 돌렸다. 나는 수작업으로 완성한 누비이불을 샀다. 수익금은 불우 이웃에게 전해진다고 한다.

그리고 교회 안으로 들어가 딜런 토머스의 『웨일스에 사는 어느 아이의 크리스마스』라는 이야기 낭독을 들었다. 마지막으로 모두 함께 캐럴을 불렀다. 마지막 노래는 '고요한 밤'이었다. 음정이 잘 맞지는 않았지만 진지했다.

화려함이란 없었다. 현란함도 현혹도 사치도 없었다. 대작도 아니었다.

빗속을 걸으며 집으로 가는 길에 나는 내가 보낸 오늘 저녁이 루터식도 기독교인의 방식도 아니라는 사실을 깨달았다. 그것은 나처럼 겨울의 어둠을 편하게 느끼려고 노력하고 신비의 일부가 되고자 하는 사람들, 신념과 문화가 있는 아마추어들이 모여서 같이 공감하는 삶이었다.

잠자리에 들 때 나는 들떠 있지 않았다. 크리스마스 휴일에 바라던 것을 이렇게 빨리 얻었다는 사실에 만족할 뿐이었다. 나처럼 한겨울에 즐거움을 찾는 사람들과 함께 있는 것. 작고 깊고 평범한 즐거움.

아마추어의 즐거움.

그때까지는

삶에서 성공했다는 기분은 어디에서 놀아야 할지 아는 데 달려 있다. 어렸을 때부터 키가 작고 통통하고 느린데 월드컵 팀에서 뛰어야 성공한다고 생각한다면, 당신의 삶은 실패로 끝날 것이다.

리그를 잘못 고른 것이다.

그러나 동네 운동장에서 키 작고 통통하고 느린 사람들과 축구를 하며 골키퍼를 하는 데 만족한다면 그리고 그렇게 하면서 재미있는 시간을 보낸다면, 그렇다면 당신은 성공한 축구 선수이다.

리그를 제대로 고른 것이다.

이것은 테니스, 야구, 배구 등 다른 스포츠에도 해당되며 포커든 뭐든 모든 것에 해당된다. 당신의 능력에 맞는 리그를 골라 거기서 성공하라.

그리스 철학자 에픽테토스의 말로 하면 "낚시를 잘하면 낚시를 하라. 노래를 잘하면 노래를 하라. 싸움을 잘하면 싸움을 하라. 무엇을 잘하는지 결정하라. 그리고 그것을 해라."

삶에서 성공했다는 기분은 자신이 어떤 영역에서 일을 제일 잘하는지 아는 데 달려 있다. 예를 들어 천문학자는 우주 영역에서 일을 잘하는 사람이다. 물리학자는 양자 영역을 잘 다루는 사람이다. 신학자는 형이상학적 영역을 다루고, 역사학자는 긴 그림을 다룬다. 심리학자는 깊은 그림을 가지고 일을 한다. 요리사나 택시 운전사는 그 당시 상황에 맞춰서 일을 한다. 시인과 예술가는 아주 개인적인 영역에서 일을 한다.

많은 사람들이 충족되지 않은 마음으로 죽는 것은 자신의 능력과 관점보다 높은 곳에서 혹은 낮은 곳에서 살면서 시간을 보냈기 때문이다. 즉 영역을 잘못 고른 것이다.

에픽테토스는 이렇게 말했다. "요점은 당신이 통제할 수 있는 그리고 차이를 만들 수 있는 삶의 영역에서 중요한 사람이 되는 것이다. 왜 보잘것없는 사람이 될까 걱정하는가?"

내가 이 이야기를 왜 하느냐고?

올해 크레타에 도착했을 때 내 책상 위에는 내가 없는 동안 우리 집에서 살았던 독일 학자가 쓴 편지 한 통이 놓여 있었다. 그녀는 내가 쓴 책을 읽었고 지금까지도 내 홈페이지에 들어가 글을 읽고 있다.

그녀는 글을 잘 읽었고 이 집도 잘 사용했다고 고맙다고 말한 다음, 어려운 질문을 했다.

왜 내가 이 시대의 정치적 쟁점에 대해, 특히 현재 미국 행정부의 행동에 대해 이야기하지 않느냐는 것이었다. 왜 우리 시대의 인도주의적 쟁점에 대해 말하지 않는가? 왜 미국인으로서 나를 대신해 미국이 저지르고 있는 악에 분노하지 않는가? 결과가 수단을 정당화한다는 것에 그리고 신이 우리 편에 있다는 것에 동의하는가? 유대 이스라엘이라는 근본주의적 입장을 어떻게 지지할 수 있는가? 미국의 길이 유일한 길이라고 믿는가? 미국이 지금 세계에서 어떻게 받아들여지는지 알고 있는가? 얼마나 많은 증오와 경멸을 느끼는지 아는가? 왜 이런 중대한 문제에서 침묵하는가? 왜 작업실로 달려가 뭔가 하지 않는가?

대답은 이렇다. 이것은 리그와 영역의 문제이다.

내 마음은 내가 사는 곳, 일상적인 것, 평범한 것 속에서 일한다.

그것을 글로 쓰는 것이 내가 자신 있어 하는 분야이다.

나는 단순하고 평범한 말을 쓰며 낙관적이다.

나는 내가 가진 연장으로 내가 사는 장소를 최대한 돌보고 있다.

물론 악과 추함은 존재한다. 전에도 그랬듯이 지금도 아주 많이 존재한다.

뉴스 헤드라인은 늘 나쁜 소식으로 채워져 있다.

비관할 이유는 많다. 이 세상에 부당함이 있다는 사실은 명백하다.

나는 대부분의 사람들과 마찬가지로 화가 나고 실망스럽다.

그리고 돈을 보내고 투표를 하고 때로는 항의 시위도 한다.

그러나 우리는 모두 죽는다. 기후는 변한다. 바다의 해수면은 올라간다.

빙하는 줄어든다. 삶은 상상하지 못하는 형태로 진화한다.

그리고 결국 지구는 태양 속으로 떨어질 것이다.

사실이다.

하지만 그동안에도 삶은 계속된다.

그동안…… 나는 지금 존재하는 좋은 것과 사랑스러운 것에 놀란다.

대부분은 찾으면 거기에 있다.

그동안…… 나는 아마추어의 세상에서 산다.

나는 프로 선수로 뛸 능력을 가지고 있지 않다.

내게는 맞지 않는 리그이다.

나는 천문학자, 물리학자, 신학자, 역사학자, 정치가, 심리학자, 요리사, 택시 운전사로 일할 능력을 가지고 있지 않다.

내게는 맞지 않는 영역이다.

나는 시인, 음악가, 혹은 예술가가 될 자질도 가지고 있지 않다. 위대한 문학 작품을 쓸 자질도, 스릴러나 탐정 이야기를 쓸 자질도, 정치적인 글을 쓸 자질도 없다.

잘못된 야심이다.

나는 마음의 이야기를 하는 사람이다. 나는 나를 둘러싼 평범한 세계의 새 소식에 깨어 있으려고 하는 사람이다. 내가 보는 것을 의미 있게 만들기 위해서, 내 생각을 다른 사람들에게 알리기 위해서. 나는 위대한 어머니의 질문에 대답하려고 노력하는 사람이다. 나는 "무슨 일이 일어나고 있는 거지?" 그리고 "내가 알았던가?" 하고 묻는다. 혼란스럽지만 재미있다.

그리고 나는 말한다. "좋은 것을 놓치지 마라. 다른 사람에게 전해 줘라." 내가 메시지를 가지고 있다면 바로 이것이다.

자기변호나 사과가 아니다.
내 입장을 밝히는 것뿐이다.
세상과 우주는 자기 갈 길을 간다.
그동안…… 나는 내가 무엇을 할 수 있는지 알고 있다.
그동안…… 나는 그것을 한다.

옮긴이의 말

우리의 삶이 허락한 작은 재미를 웃음으로 풀다

"나는 이제 인생은 자신이 찾는 것만 보이고 기꺼이 받아들이고자 하는 것만 얻게 된다는 사실을 알 만큼 나이가 들었다."

이 책을 번역하면서 가장 인상적인 말이었다. 밑줄을 그었다. 그리고 이 말에 오래 머무르면서 내가 찾는 것은 무엇이고 내가 기꺼이 받아들이고자 하는 것은 무엇인지를 생각해 보았다. 그것이 내가 보고 얻는 것을 결정할 것이므로.

저자는 일상의 힘이 얼마나 큰지 알고 싶었고, 매일매일이 주는 행복을 기꺼이 받아들이고자 했으며, 그것을 찾고 얻었다.

어린 손녀가 자신의 짝이 될 그 누군가가 오늘 밤 혹시 트럭에 치이지 않을까 걱정하며 우는 것을 보고 그 누군가를 향해 트럭을 조심하라고 한다.

부동산에서 저자의 집 주변에 초등학교와 소방서가 있어서 시끄러우며 이것이 집의 가치를 떨어뜨린다고 하자 초등학교와 소방서는 배우고 돕고자 하는 인간의 가장 고귀한 욕구가 실현되는 곳이기에 집의 가치를 높인다고 말한다.

책상 위에 앉은 늙은 파리를 보고 죽이지 않고 천천히 죽을 때까지 기다려 주며 위엄 있게 죽으려는 파리에게 감탄한다.

삶의 태도나 방식에서도 새로운 것을 시도하고 그 시도를 즐기는 모습이다. 하루에 한 명씩 식구를 정해 놓고 그날 잘못한 일은 무조건 그 식구 탓으로 돌리며 용서를 구하고 용서하는 시간을 갖는다. 이렇게 하면 아무도 기분 나빠 하지 않으면서 죄와 비난을 날려버릴 수 있다. 이 이야기를 읽으며 나도 실행해 보고 싶다는 생각이 간절히 들었다.

저자는 또 어떤 인연으로 만나는 사람이든 농담의 초대장을 날린다. 어떤 사람은 여유 있게 화답하고 어떤 사람은 정색을 하고 문을 닫는다. 우리 중에도 농담의 초대장에 마음의 문을 닫아 버리는 사람이 많겠다는 생각이 든다. 마음의 여유가 없으면 농담에 화답할 수가 없기 때문이다.

이 책을 통해 만난 저자는 해가 되지 않는 장난을 마음껏

하면서 삶이 허락한 작은 재미를 만끽하며 살아가는 사람이었다. 그는 글을 통해서 일상이 지루한 반복만은 아님을 보여 준다. 똑같은 산책길이라도 오늘은 초등학교 아이들을 보며 무엇인가를 느끼고, 내일은 강아지를 데리고 다니는 주인들을 만나 무엇인가를 배우며, 다음 날은 동네 놀이터의 그네를 타며 자기 안의 어린아이를 만나는 등 일상은 여러 가지 빛깔의 푸짐한 음식이 차려진 잔치라는 것을 보여 준다.

책을 번역하며 감추어진 것을 글로 들춰내는 재주가 있는 저자에게 여러 번 감탄했다. 더 감동적인 것은 일상의 작은 행복을 끄집어내고 즐기는 것이 우리의 삶에 어떤 의미가 있는지 보여 준다는 점이다. 그래서 이 책은 웃기고 흐뭇하면서도 생각하게 하는 책이다.

지금도 세상 어딘가에서는 전쟁이 일어나고, 차별과 학대와 죽음이 진행 중에 있다. 한편 세계 경제 상황이 좋지 않아 많은 사람들이 시름에 잠겨 있지만 저자의 말처럼 그런 와중에도 우리의 일상은 계속된다. 그리고 아무리 힘든 하루라도 좋은 것과 사랑스러운 것에 놀랄 일은 충분하다.

지금까지 오늘을 희생하고 오늘이 지나가기만을 기다린 날들이 많았는데, 그렇다면 가는 길마다 쌓여 있었을 작은 행복과 감동을 보지 못하고 보내 버린 것 같아서 아쉽다. 여러분도 걱정과 고민 때문에 지금 내 옆에 있는 좋은 것을 놓치지 않고 마음껏 누렸으면 하는 마음이다.

최정인

옮긴이 최정인

서울대학교 불어교육학과를 졸업하고, 독일 본 대학교에서 번역학을 공부했다. 한국으로 돌아와 통역사, 외국인을 위한 한국어 강사로 일하다가 베텔스만 출판사에서 기획자로 일하기도 했다. 지금은 학교에서 아이들에게 영어를 가르치는 선생님이자 번역가로 활동하고 있다. 옮긴 책으로 『내가 정말 알아야 할 모든 것은 유치원에서 배웠다』, 『코스톨라니 실전 투자 강의』, 『유네스코 세계문화유산』, 『해피 에이징』, 『어른이 된다는 것』, 『누구일까요?』, 『멀티플라이어』 등이 있다.

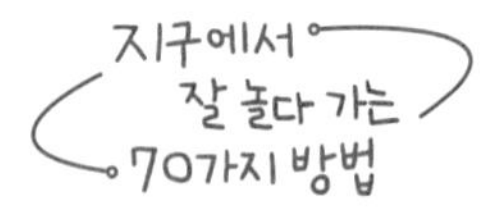

1판 1쇄 발행 2009년 4월 5일
2판 1쇄 인쇄 2022년 3월 7일
2판 1쇄 발행 2022년 3월 18일

지은이 로버트 풀검
옮긴이 최정인

발행인 양원석 **편집장** 김건희 **책임편집** 이혜인
디자인 강소정, 김미선 **영업마케팅** 조아라, 김보미, 신예은, 이지원

펴낸 곳 ㈜알에이치코리아
주소 서울시 금천구 가산디지털2로 53, 20층(가산동, 한라시그마밸리)
편집문의 02-6443-8868 **도서문의** 02-6443-8800
홈페이지 http://rhk.co.kr
등록 2004년 1월 15일 제2-3726호

ISBN 978-89-255-7876-7 (03840)